Zusammenkunft

Walle Sayer

Zusammenkunft

Ein Erzählgeflecht

KLÖPFER&MEYER

I

Wintermärchen

Die Schneewehen am Rand der Landstraßen hatten die Höhe von Hirtenstäben. Tannenbäume knickten um unter der Last des Neuschnees. Man umwickelte die Wasserleitungen mit Lumpen, streute Asche auf die vereisten Schwellen, schlug mit Bohnenstangen die Eiszapfen von der Dachrinne und bahnte sich von morgens bis abends den Weg frei zum Holzschopf. Am hellichten Tag kamen die Mäuse hervor. Im Dachgebälk erfroren die Holzwürmer. Draußen vorm Dorf mußte der Totengräber mit dem Pickel arbeiten. Mit Zottelkappe und Wollschal gingen wir zu Bett, Dachlawinen verschütteten unsere Schneemänner. Es war unser fünfter Winter. Damals noch versanken wir in den Fußstapfen der Väter.

Ministrantentraum

Irgendwann werden wir den Mut haben, durchs unverschlossene Fenster in die Sakristei einzusteigen. Und dort, im festlichen Lichtschein einer Altarkerze, unter dem zugehängten Bildnis des Papstes, ein Trinkgelage zu veranstalten mit dem Meßwein des Pfarrers. Wohlwollend werden die Sockelheiligen auf uns herabschauen, froh über das bißchen Lärm in ihrem erstarrten Leben. Wir lassen es uns nicht nehmen, das arme Negerkind, das auf der Opferkasse der Kinder sitzt, in unsre Runde zu bitten. Ohne einen Groschen erhalten zu haben, wird es uns von ganz allein zunicken. Zum Mitternachtsläuten der Glocken stoßen wir mit ihm an. Dann trauen sich auch endlich die Kirchenmäuse aus ihren Löchern heraus. Wenn sie zwischen unseren Füßen herumhuschen, wird es uns leid tun, daß wir vergessen haben, Speckwürfel oder Brotkanten mitzubringen. Aber wir versprechen es ihnen für das nächste Mal, hoch und heilig.

Ein handgeschriebener Lebenslauf

Als Kind habe ich gesehen, wie den erfrorenen Obst-
bäumen die gläsernen Äste brachen. Hinter dem
Fingerschnalzen der anderen saß ich in der letzten
Schulbank. Ich glaubte meiner Großmutter, die an
die Heiligen glaubte. Als ein ewiger Sternsinger
wollte ich durch die Straßen gehen. So bin ich älter
geworden. Irgendwann bekamen dann beim Abend-
brot die Gespräche zwischen Vater und Sohn einen
Verhörton. Was man besaß und was einem gehörte,
sollte also nicht dasselbe sein. Und dunkle Augenrin-
ge erschienen wie eine Stelle, wo Maske und Gesicht
noch nicht verwachsen war. Keine Eselsbrücke gab
es zwischen dem, was ich fühlte, und dem, was sich
sagen ließ. Plötzlich stand ich da, wo ich jetzt stehe.
Ich weiß nicht, was einmal aus mir werden soll. Ich
weiß nicht einmal, was aus mir werden soll. Jahre
sind mit Spinnenbeinen über mein Herz gelaufen.

Zeitloch

Du mußt nur die richtige Stelle finden, dann wird dich ein Misthaufen auffangen, ein Strohdach, ein Katafalk oder der Erdhügel eines Keltengrabes. Die Dauer eines Fingerschnippens genügt, bis wieder Fleisch hinwächst an die Knochenfunde, die unter den freigelegten Fundamenten unserer Kirche lagen. Schließt du die Augen zu lang, könnte es sein, daß du unsanft landest am Rand eines Schlachtgetümmels, in der Feuerstelle einer Höhle oder auf den Steinen einer Schlangengrube. Höllisch aufpassen mußt du, daß du dich nirgends ansteckst mit der Pest, und daß du nirgends verwechselt wirst. Bring irgendetwas mit, damit du dir hinterher glaubst: eine Rabenfeder vom Galgenberg, einen Bundschuhriemen vom verlorenen Haufen, eine Seite aus dem Armenverzeichnis eines abgebrannten Pfarrarchivs.

Ein hingelegter Stein

Ich weiß nicht mehr, aus welchem Schmerz ich ent-
standen bin. Ich lag am Rand eurer Wege. Die Vögel
haben ihre Schnäbel an mir gewetzt. Ich erinnre mich,
einem kleinen Jungen verholfen zu haben zum Sieg
über einen Riesen. Mein Schweigen verzeiht es nicht,
daß ich geworfen wurde auf Ehebrecherinnen und in
Synagogenfenster. Die Zeit mißt sich mit mir. Mein
Los ist es, alles zu überdauern. Nehmt mich zum Bau
einer Klagemauer und ich werde euch anhören.

Tonbandstimme

Um sieben Uhr heulten die Sirenen auf, die Frühmesse hatte gerade begonnen. Der Mesner schloß sofort die Kirchentür ab. Ich sehe es noch heute vor mir, wie sie auf die Kirchenbänke stiegen, um hinaussehen zu können, wie sie ihre Todesangst hinausschrien, sich die Ohren zuhielten. Die Mauern erzitterten unter den Detonationen. In der Stille nach diesem ersten Angriff rannten wir alle nach Hause. Deine Großmutter stand schon im Hausgang, den Kinderwagen vor sich, angefüllt mit Speck, Brot und Dosen. Obenauf der Koffer mit Kleidern und Papieren drin. Die Fensterläden unseres Hauses hingen herab, die Druckwelle hatte die Scheiben zerbrochen. Aus dem Stall drang das Schreien der Ziegen. »Wir können nichts tun, wenn sie sterben müssen, dann sterben sie, drinnen oder draußen.« Gegenüber brannte Söller Annas Scheune. Gebannt blieb ich stehen, versuchte irgendetwas zu begreifen mit meinen acht Jahren, bis man mich schließlich wegzog. Der Luftschutzbunker lag außerhalb des Dorfes. Dort wartete man, während tief in einem das armselige bißchen Leben wild pochte. Die Stunden drückten auf das

12

bebende Gewölbe, der Kerzenschein warf uns an die Wand. Hinterher waren über dreißig Häuser zerstört. Auf den Straßen lagen Bettfedern. Das Vieh, das sich losgerissen hatte, irrte wie wahnsinnig umher. Stumm schauten wir den Verletzten nach, die man auf Leiterwägen ins Hechinger Lazarett brachte. Die Dunkelheit wurde herbeigesehnt, angezogen legte man sich hin, aber der Schlaf kam nicht. Deine Großmutter saß diese ganze Nacht hindurch schweigend auf der Bettkante. Nirgendwo im ganzen Dorf war auch nur der kleinste Schimmer eines Lichtes zu sehen.

Passierschein

Weiter als jede Festschrift zurückreicht. Auf mehrmals umbenannten Straßen. Dies ist nur die unleserliche Jahreszahl einer Fahnenweihe. Unter der dritten Tapetenschicht brennt schon der Reichstag. Geburtshaustafeln, Mistelzweige und Gläubige, die einen Heidenlärm machen. Hundert Jahre später hätten die Maler leben können von den Auktionsspesen eines einzigen Bildes. Dies ist ein Zettel mit einer vagen Zürcher Adresse, in einer der Gassen wohnt Büchner. Dies ist ein Attest von Professor Autenrieth. Überall Hausmägde und Wirtstöchter, die einen retten über die Winter. Bis hinaus über einen kolorierten Holzschnitt, um 1500 von unbekannt: auf dem haben die Mäuse den Krieg gegen die Katzen noch nicht verloren.

Die Brotkrümel

Im Geburtshaus des Vaters. Die Tür zur Speisekammer, hinter der es zu dieser Jahreszeit nach Kraut riecht. Er steht auf einem wackligen Gerüst aus Stühlen und Kisten. Hat sich eine Scheibe vom altbackenen Brot heruntergeschnitten und ißt dazu mit den Fingern aus dem Schmalzhafen und dem Gselztopf. Die Einmachgläser aufzumachen, traut er sich nicht. An das Geräucherte, das an einer Stange aufgehängt ist, reicht er nicht hin. Bevor er dann zuletzt die Tür wieder lautlos abschließt und den Schlüssel zurücklegt unter das Kopfkissen der Mutter, liest er sorgfältig die Brotkrümel, die ihn schon einmal verraten haben, vom Boden auf.

Im Gänsemarsch

Aus dem Gitterbett gestiegen, die weiten Kleider der älteren Geschwister tragend. Flüsternd vorbeigeschlichen am schwarzen Maul der Kellertreppe. Heut schauen sie in den Farrenstall hinein und dem Schmied zu, wie er Sterne aus dem Eisen schlägt. Zusammen haben sie genug Finger zum Zählen der Schritte. Weit ist es zum Bahnübergang. Pfennige legen sie dort auf die Gleise und warten, was passiert. Jeder hinterm Rücken seines Vordermannes, so gehen sie in einem Kreis, der Dämmerung entgegen.

Stubenhocker

Wenn ich morgens erwache, hat sich die Erde gedreht und die Sonne steht an ihrem Platz. Die Nachbarn bringen mir jeden Tag ihre gelesenen Zeitungen von gestern. Den Festzügen und Prozessionen wohne ich vom Fenster aus bei. Die Orgelklänge dringen sonntags auch so zu mir. Spazierengehend würd ich nur Blasen kriegen von den Klötzen an meinen Füßen. Frische Luft schnapp ich genug beim Ausbessern des Daches vorm Winter. Und wozu sollte ich verreisen, wenn ich dem Drachen nachsehen kann, den die Kinder steigen lassen. Meinen Dämmerschoppen trink ich hier, wo ich kein Lallwort anzuhören brauch. Überm Sessel, im frühren Herrgottswinkel meiner Ahnen, da hängt mir das Luftbild eines Autobahnkreuzes. Eine gußeiserne Glucke ist mein Ofen.

Tanzkurs

Die Mauerblümchen himmelten uns an. Fürs Erinnerungsphoto wurden die abstehenden Ohren mit Heftpflaster angeklebt. Wer nicht lachte, trug eine Zahnspange im Mund. Die Rose im Haar der Mädchen überdeckte beim Abschlußball jeden Schönheitsfehler. Einige von uns standen schon neben ihren späteren Bräuten. Den Stolpersteinen zwischen den Schrittfolgen auszuweichen, ohne auf die Füße der Partnerin zu treten, das nannte man Walzer.

Weihnachtskarte

Auf den Türschwellen liegt kein Hafer ausgestreut
für den Schimmel vom Nikolaus. Die Kälte verkup-
pelt die Geschlechter. Gold wird zu Stroh gespon-
nen. Den Wölfen hängt Lametta aus dem Maul. Die
Körner für die blinden Hühner fallen in den Schnee.
Weihnachtslieder, durch Lautsprecher verzerrt, klin-
gen nach Sterbegesängen von Engeln. Krippenfigu-
ren sind am Dorfausgang postiert.

Psalm

Niemand, der ihr die pochenden Schläfen massiert, sie wachküssen würde, wenn sie jetzt einschliefe. Je länger sie dasitzt, über die Arbeit gebeugt, umso mehr verschwimmt ihr der Blick beim Aufschauen, bis sie am Lichtrand nur noch das Gitter des leeren Laufstalles überdeutlich vor Augen hat. Die Nähmaschine zerrattert die Schlagermusik aus dem Radio. Lärm, der Lärm übertönt, singt jemand von Sonne, Liebe, süßen Trauben, einer Insel. Aus ihrem Mund hörte sich der Refrain an wie ein Stoßgebet, wie ein Psalm.

Augenblick

Frühmorgens, nachdem du aufgestanden bist im Dun-
keln, leise, um mich nicht zu wecken, auf der Bettkante sitzend dir den Schlaf aus den Augen gerieben
hast: bleib so stehen, jetzt, dort am Fenster, wie du
den Vorhang einen Spalt zur Seite schiebst, um hin-
auszusehen, ob Schnee gefallen ist, während die Katze
dir um die Füße streicht, weil sie Hunger hat, ein
scheuer Lichtschein deine Brüste berührt, und du
ihn hereinläßt, den Tag.

Flugsimulator

Der Himmel, eine Fallgrube für die Sehnsüchtigen. Holprige Startbahnen, mit Sturzhelmen gepflastert. Von der Traufe in den Regen geht es aufwärts. Weit, bis übers Ende der Fahnenstangen hinaus, wo man beim Aufschauen an Wolkenriffen streift. Kirchen verschwinden gleich unter dem Wachstropfen einer Taufkerze. Nur genügend Zeit braucht es, bis aus einer Erkenntnis eine Fallhöhe wird. Überall herrscht Landeverbot für Ikarus. Und ein Aufprall ist nach jedem Rausch der Blick in den Spiegel.

Gewichtsangabe

Ich wiege soviel wie ein leerer Kühlschrank und verwende Fleischerhaken statt Kleiderbügel. Die Trostpreise sind immer aus Schokolade gewesen und immer zuviel war der Reiseproviant für meine zurückgelegten Holzwege. Ein Zuckerschlecken ist meine jetzige Arbeit und verfettet von zuviel Schmachten mein Herz. Kalorientabellen soll ich hineinfressen in mich, mich halten an den Speiseplan der Kirchenmäuse. Mit hingeworfenen Perlen wurde gemästet, was in meiner Pfanne brutzelt. In guten Zeiten wie diesen, zehre ich von meinem Kummerspeck.

Volksmusikhitparade

Himmelblaugrüne Bächlein und Wiesengründe. Überall ortskundig ist ein Sonnenstrahl. Es besingen stramm die Jäger der Schürzen den Glücksschoß der Mütter. Lederhosige Freuden, heimattreues Zitherleid. Einen Strauß Blümleinstrost reicht der Jodelkoller an den tannenrauschigen Angsttrieb. Der Lieb steckt eine Hochzeitskutschenspeiche im Herzenskämmerlein. Zitzen der Heimat sind es und was ihnen entfließt. Ein Schunkelmarschknäuel ist's und ein Trompetengemuh. Ein Gemütlichkeitsdelirium. Ein Gartenzwergputsch.

Tischrede an die Jahrgänger

Vor dreißig Jahren wurden wir geboren. Laßt uns das Glas erheben auf das Runde dieser Zahl. Und auf jene Kirche, in der keiner von uns ersäuft wurde im Taufbecken. Stoßt an und trinkt. Die Sturzflüge der Jugendjahre, von Ehebetten weich aufgefangen. So sind wir denn zu Ernährern geworden, erhalten Blumensträuße zum Muttertag. Im unsrigen Alter hat man sich abzufinden damit, daß alles so ist, wie nichts gewesen war, nichts sein wird. Die Linealstriche unserer Schulzeit, die auswendiggewußten Antworten: laßt uns lieber die Erinnerungen fälschen, so wie die Unterschrift der Eltern im Klassenarbeitsheft. Und verhalten zurückfragen, wer sich wo verlor. Und wer noch weiß, wieviel Pfand es damals gab für eine im Straßengraben gefundene Bierflasche, wieviel Zehnpfennige für den abgeschnittenen Schwanz einer Schermaus.

Trauerflor

für Jürgen Lacher, 1960–1990

Die Glücklichen leben innerhalb angehobener Grenz-
werte, ihr Tischgebet dankt dem Arbeitstag des Kopf-
schlächters, mit dem Nachbarn fachsimpeln sie über
den Quadratmeterpreis im Paradies. Freunde, nehmt
dies als Schlußwort und vergeßt mein Gemurmel.
Den ganzen Abend bin ich nur gesessen vor einer
kaltgewordenen Hirnsuppe. Während draußen die
Jammertäler mit Andenkenkiosken verstellt sind und
die Engelstränen als Hagelkörner auf die Erde fallen.
Führt mich zur Tür. Nach dorthin will ich, wo das
Ende aufhört und alles anders noch einmal beginnt.
Vielleicht, daß dort jemand wäre, der mir sagen kann,
wo ich bin. Wo ich bin, wenn ich auf Photos von Ju-
gendmannschaften plötzlich stehe neben gleichaltrigen Toten. Hinaus will ich. Vielleicht, daß wenigstens
die Nächte gnädig sind, Grabkreuze in Karrendeich-
seln verwandeln und Nebelbänke aufstellen zum
Rasten. Bloß den ausgestreuten Brotkrumen nach.
So fände ich all die gegangnen Wege.

Piktogramm

An der Wand lehnt er, bläst den Rauch zu dem
kleinen geöffneten Fenster hinaus. Die Toilette ist
sein Zufluchtsort. Eine Zigarette lang kann er so
dem Betriebsablauf entwischen. Wie in einem toten
Winkel. Weitab von Dienstanweisungen, Geschäfts-
briefen, Büroluft. Wenn er sich auf die Zehen stellt,
sieht er die Straßen als Leerzeilen. Und weit oben,
wie am Himmel eines anderen Erdteils, die Sonne als
Piktogramm. Wie lange braucht man, um mit einem
abgebrochenen Sekundenzeiger einen Gitterstab
durchzufeilen. Wieviel Krawatten muß man zusam-
menknoten, um sich von hier aus abzuseilen.

Ein Hofbericht

Die Erinnerung ist als Seuchengefahr gebannt. Die Utopien ihrer Gegner werden verramscht. Ihre Doppelgänger sind hingerichtet. Die Bilanzprüfer sitzen im Kerker. Die Vorbeter sprechen ihren Namen richtig aus. Das Spendenaufkommen für den Sommerpalast steigt. Man bittet sie, die Schirmherrschaft zu übernehmen für die Schönheitswettbewerbe in den Elendsvierteln. Alle Stümper sind ihrer Ämter enthoben. Ihre Untertanen lungern nicht mehr herum und niemand verschränkt mehr öffentlich die Arme. Die Prognosen stehen so gut wie nie zuvor. Der Preis für Konfetti ist herabgesetzt. Das Volk genießt die Spaziergänge in den Kahlschlägen. Das Volk ist glücklich und zufrieden. Das Volk liebt sie.

Ortsangabe

Ein Fenster zur Hauptstraße, sein verzogener Rahmen. Von hier aus, eingekeilt zwischen Himmelsausschnitt und Erde, der Blick hängt an den Wolkenzipfeln, streicht dann hinweg übers Dächermassiv. Zufriedene Rohrspatzen hocken auf dem gegenüberliegenden First. Darunter steht den ganzen Morgen schon ein Viehanhänger, eine scharrende Kuh darin mit schwarzen Augenklappen. Der Wetterhahn des Kirchturms kräht nicht dazu, seit den Herbststürmen schräggeknickt, hat sich alles verschoben unter ihm. Auf den Briefträger warte ich, der die postalischen Irrläufer zustellt. Die am Haus vorbeigehen, sie kennen etwas von mir, das sie zur Fensterbank herauf mit einem stummen Nicken grüßen läßt. Wovon lebst du, ist immer die erste Frage. Nie will jemand wissen wofür. Es geht, sage ich, und verschweige wohin.

Straßenkater

Aufgehängt über deiner leeren Milchschale, das Katzenlebengedicht von Sarah Kirsch. Nur an jedem dritten Tag kommst du lautlos jetzt noch heim, abgemagert, das Ohr eingerissen und mit einem Biß über dem Auge. Nicht gestreichelt willst du werden, hältst kurz nur still, bis ich die Zecken dir entferne, und bist schon wieder weg. Nachts, bei offnem Fenster, hör ich dich heraus aus dem Chor der Liebeskranken. Tagsüber, da liegst du am andern End vom Dorf, eingerollt, auf Holzbeigen, auf der Friedhofsmauer, beim schattigen Sockel vom Kriegerdenkmal. Und du läßt dich nicht stören durch die Männer, die heimkommend von der Frühschicht, vorübergehen an deinem Schlaf.

Ein paar Ansichtskarten

1

Um Elf Uhr weckt das Kreischen einer Holzsäge die letzten Langschläfer. Aus den Küchenfenstern wehen duftende Fahnen. Krankgeschriebene graben Gartenbeete um. Staubsaugervertreter klingeln vergeblich an Haustüren. Erdrosselte Wolken hängen weiß über den Fensterbrettern der Schlafzimmer.

2

Was Chronisten aneinanderreihen, ergibt noch lang keine Geschichte, in der man erschlagen wird von herabfallenden Dämonenziegeln. Das Erhaltenswerte, lediglich Errungenschaften der Ungleichzeitigkeit. Und früher war damals, als es zumindest eine Fremde gab hinterm Horizont. Als man sich wenigstens einreden konnte, daß überall woanders alles anders ist. Dort stehen wie auf einer verwackelten Kostümprämierung die Vorfahren herum. Aus ihren Tränen stammt die Tinktur, mit der die Zeit die Wunden heilt.

3

Auf den Speichern reden die Dinge mit eingedrückten Puppengesichtern, mit abgehängten Heiligenbildern, mit Obstkisten voll zerfledderter Bücher, mit wackeligen Schaukelpferden, mit zahnlosen Rechen und noch nicht geflickten Säcken, mit verhängten Spiegeln, mit dem obersten Datum der Zeitungsstapel und mit den Spinnweben am brüchigen Arm der Lehnstühle.

4

Erst nach den Feiertagen werden Absagen und Kündigungen zugestellt. Wer jetzt müde ist, sitzt da und betrachtet die Innenflächen seiner Hände. Die werdenden Väter wollen allein sein und suchen in aufgehobenen Briefen nach dem ersten Herzton ihres heranwachsenden Kindes. Nachts addieren die Sorgen Zahlenreihen. Die Entschlüsse warten, bis es anfängt zu schneien. Eisschollen treiben am Himmel, die aussehen wie Wolken.

5

Die Toten eines Hauses hängen eingerahmt an den
Wänden. Sie schauen in die dampfenden Schüsseln
und auf die vollen Teller. Sie haben für immer das
letzte Wort gehabt. Sie wollen nicht vergessen werden. Wollen Recht behalten. Hartnäckig schweigen
sie vor sich hin. Gleichgültig blicken sie über die
Streitgespräche am Tisch hinweg. Eingerahmt hängen sie an den Wänden. Schwarzweiße Schatten.
Schauen in die leeren Schüsseln und in die Essens-
reste auf den Tellern.

6

Der Uringeruch aus dem Toilettenwagen weht am
Festwochenende hinüber zu dem mit Lichterketten
eingerahmten Rondell der Schausteller. Vermischt sich
dort mit einem aufsteigenden Duft aus Zuckerwatte
und gebrannten Mandeln. Am Autoscooter, gegenüber der Kasse, stehen die Schulkinder. Sie haben ihr
weniges Sonntagsgeld längst verfahren und warten
nur noch, bis es so dunkel wird, daß sie heim müssen.
Vor der Losbude liegen, wie ausgesät in den festgetretenen Dreckfurchen, die Schnipsel der gezogenen
Nieten.

7

Es ist schön im hiesigen Heimatmuseum. Kein Korb mit vom Acker gelesenen Steinen. Keine lichtlose Knechtkammer. Kein mit Blut beschmierter Grenzstein. Kein Brief aus dem fernen Amerika. Kein Erlaß der Obrigkeit. Keine Wachsfigur eines fettgefressenen Mönches. Kein Bildnis einer vergewaltigten Magd. Kein als Waffe verwendeter Dreschflegel. Keine Totenmaske eines Tagelöhners. Kein Wortlaut einer Bittschrift. Kein Kindersarg. Kein Gestank einer Jauchegrube. Keine Kerkertür. Keine Asche. Kein Ruß.

8

Eine verkrachte Existenz, so nennt man hier jemanden, bei dem niemand so recht weiß, von was er lebt, ein Einsiedler am Dorfrand, um die fünfzig, lediggeblieben, der vor Jahren einmal Vorarbeiter hätte werden können in einer Gießerei und nun statt dessen Brieftauben züchtet, einen Gemüsegarten hat, an hellichten Werktagen Spaziergänge macht, dabei aus Neugier einer Schneckenspur folgt, sich seine Haare selber schneidet und zu keinen Wahlen und in keine Kirche mehr geht.

9

Wird die Erinnerung realgeteilt, hält man zuletzt nur noch einen Uniformknopf in den Händen. Fällt den Wachhunden ein Zahn aus, verbiegen sich die Schürhaken, steht der erste Nachtfrost an. Bei Vollmond soll man die Stellen meiden, wo die Landschaft einen Katzenbuckel macht. Die laut gestellten Fragen am besten beneinen oder verjahen.

10

Die Jungen hätten noch immer Abdrücke von Scheißhafenringen am Arsch. Zeigt man ihnen bei einem Stallhasen das Ansetzen des Genickschlages, schauen sie weg. Keinen Weihwasserkessel wollen sie mehr halten, kein Meßdienergewand überziehen. Haben, wie aus aller Art geschlagen, keine Ahnung mehr von Ackerzucht und Viehbau. Während ein Gebückter alte Weichen ölt, werden höheren Orts die Strecken stillgelegt. Wie sollen, wird geseufzt, Generationen denn noch wechseln, wenn schon dem Chor der Jubiläumsständchen die Baritone fehlen und der Baß.

11

Die Kirche steht als steinernes Gemäuer vorm Ausgang des Jahrhunderts. Das Leben währte so lang, als wie aus flatterhaften Mädchen runzelige Frauen wurden. Die Gewährsleute erinnern bislang, daß eine jede Nachkommenschaft undankbar war. Nach verschwiegenen Gelüsten riecht der Atem aus dem Volksmund. Die alten Geschichten entstammen einem frühen Haarriß im Gedächtnis. Die einen waren taub, die anderen stumm, so entstand das Hörensagen.

12

Morgens um halb acht laufen die Schulkinder gähnend durchs Dorf. Der Ranzen, den sie tragen, zerrt an ihrem Rückgrat. Mit den Fingerschwielen, die vom Schreiben mit dem Füller kommen, beginnt der Lebensernst. Von der Straße aus kann man durch die großen Fenster ins Klassenzimmer sehen. Die Kinder blicken nach vorne zum Lehrer. Der Lehrer malt in Schönschrift ein Wort an die Tafel. Die Tafel ist ein schwarzer Schacht.

13

Sich auf dem Grund des Bodenlosen einrichten, seß-
haft werden in der Ruhelosigkeit. Als hätte, wo man
ist, etwas zu tun mit Anschrift oder Anwesenheit.
Zur Abgeschiedenheit reicht eine Zimmerecke. Der
Atemhauch topft Eisblumen um. Die Stille souf-
fliert. Im Traum dann bringt man Felsbrocken mit
heim und stopft sie in Kissenbezüge.

14

Bei den Unglücksfallen früher, da starb man an aus-
schlagenden Pferdehufen, die einem den Brustkorb
eindrückten, an unscheinbaren Rißwunden, die das
Blut vergifteten, wurde von durchgehenden Fuhr-
werken mitgeschleift, fiel durch Futterlöcher hin-
unter oder wurde in erschöpften Augenblicken von
Baumstämmen erschlagen.

15

Die gute Stube. Bevor der Besuch kam, liefen die Frauen mit dem Staubwedel durch, lüfteten, zogen die Standuhr auf, rieben die Weingläser aus und polierten das gute Geschirr, ein paarmal im Leben gebraucht. Und gegenüber dem Kanapee hing sie nun, die Waldlichtung mit dem röhrenden Hirsch, daß man als Feger, Lausbub, der den ganzen Nachmittag über auf den Sprungfedern zu sitzen hatte und nichts anlangen durfte, für sich allein im Dickicht einen Wilderer erkannte und auf dem Kamm des fernen Gebirges einen Schmugglerpaß.

16

Erste Schneeglöckchen läuten den Frühling ein. Er hat etwas Betrunkenes an sich, wie er den kleinsten Gärten einen blühenden Größenwahn einredet, die Landschaft verherrlicht, dabei über asphaltierte Verstümmelungen strauchelt und selbst ein blumiges Mitleid bekommt mit der Mülldeponie. Wer jetzt morgens aus dem Fenster schaut, fühlt sich schon verführt. Das Arbeiten fällt doppelt schwer. Die Spaziergänge werden zu Huldigungen. Die Verliebten brauchen nichts zu begründen. Fast wie ein Überlebender kommt man sich vor, wenn man zudem eine Wiesenblume findet, für die man keinen Namen hat.

17

Die Zeitzeugen schlafen noch auf einem Bettlaken, das einst als weiße Fahne auf dem Kirchturm gehißt worden war. Vor ihrer Haustür verlieren sich die Spuren der Spurensucher. Bereitwillig erzählen sie, wie man damals die Löcher hinter der Gürtelschnalle gezählt hat, und daß die Festausschüsse identisch waren mit dem Begräbnischor. Über ihren Tellerrand hinaus, vermochten sie nur das Brot zu sehen auf dem Tisch, das reichen mußte für zehn Mäuler. Zu meiner Zeit, so fangen alle ihre Sätze an.

18

Groß wie Kälber, die Hofhunde, die jeden Vorbeigehenden anknurren, zähnefletschend am Anschlag ihrer Kette reißen und den jungen Katzen das Genick abbeißen. Es ist ein befremdliches Bild, wie kleine Kinder, die kaum den vollen Freßnapf tragen können, auf sie zugehen, sie hinter ihren Schlappohren kraulen, an ihrem wedelnden Schwanz ziehen.

19

Das Abschiednehmen, eine seitenverkehrte Ankunft. Man muß weggegangen sein, um bleiben zu können. Zum Abspringen braucht es einen Anlauf bis zu den Ahnen zurück. Um die Jahreszahl auf einem Familienphoto zu verschmieren, genügt eine einzige Träne. Was einen von überall vertreiben kann: das gräßliche Geräusch, wenn angefangen wird, mit Sparbüchsen zu rasseln.

20

Auf den Waldrand zu, von den Händen gestrenger Großmütter hineingestickt in die Ferne. Genau an der Weggabelung, bei dem Feldkreuz mit dem unleserlichen Spruch am Sockel, in früheren Zeiten abendlicher Treffpunkt unglücklicher Liebespaare. Wo die Dämmerung sich als ein Schleier über die Landschaft legt, ein Grauton, wie ihn sonst nur verlassene Rabennester ausströmen. Hier, wo am Horizont der Himmel endet und man vom Dorf aus nicht mehr gesehen werden kann.

II

Allerwirtsweisheiten

Allerwirtsweisheiten

In einer Tränenlauge geht mit der Zeit jeder Lack ab. Als Wirt weiß man immer, wie es zuschlechterletzt ausgeht. Leidensgenossen erkennen sich spätestens am Lachen. Am freigebigsten können immer diejenigen sein, die gar nichts haben. Um Mitternacht zerfließen die Zeiger der Thekenuhr zu einem schwarzen Schnitt. Die Bierernsten und die Weinseligen passen genauso wenig zusammen wie die Altspunde und die Schlechterwisser. Ein Doppelleben kann man nur der Länge nach halbieren oder in der Breite. Wer sein eigener Herr sein will, wird irgendwann zum untertänigsten Diener seinerselbst. Unerfüllte Jugendlieben entwickeln sich meistens zu Altersgebresten. Vom zuvielen Erzählen kriegt man einen Erinnerungsschwips. Das genaueste Zeitmaß ist noch immer der Gedächtnisschwund. Mehr als einen Brustkorb voll Schmerz vermag keiner zu tragen. Mit der Wahrheit kann man drei Leute entzweien. Wo der Klügere nachgibt, behalten die Dummen recht. In die Sätze von Betrunkenen läßt es sich manchmal hinunterblicken. Werden Terrassenmöbel zu früh rausgestellt, dreht sich die schwindende Kälte noch einmal um. Der stete Tropfen löscht nicht einen Durst.

Johnny

Ein einziger Kasten ist an die Wand montiert. Zwischen der Theke und der Tür, die zu Klo und Hinterausgang führt. Dort trinkt er sein Bier im Stehen. Achtet den ganzen Abend auf keinen Zuruf. Ist der Lärmpegel zu groß, steckt er sich aus Servietten gedrehte Stöpsel in die Ohren. Damit der Kasten zutraulich wird, redet er auf ihn ein. Manchmal muß er ihn aber auch einschüchtern. Dann schlägt er mit der Faust obendrauf. Um zu wissen, ob das eine nötig ist oder das andere, sollte man den Kasten so gut kennen wie er. Die Zahlen drehen sich. Die Lichter blinken auf wie Fegefeuerflämmchen. Jedem andern würde es nach einer Stunde die Augen schwindlig flimmern. Stur wartet er auf das gleichzeitige Aufflackern von drei Dornbüschen. Flucht seelenruhig vor sich hin, jedesmal um eine Nuance lauter. Manchmal klimpert etwas Kleinviehmist. Was er hineinwirft in den Schlitz ist wie ein Ablaßgeld. Am Ende des Abends weiß man bei ihm nie so recht, wovon er jetzt seinen Rausch hat. Wenn er wollte, könnte er den Kasten auch problemlos mit einer Haarnadel öffnen.

Kneipenschreck

Er setzt sich einfach an den Nebentisch. Wartet, eine
kleine Ewigkeit, von der Bedienung übersehen, ohne
ungeduldig zu werden. Als sie endlich herüberschaut,
hebt er die Hand und bestellt mit drei Worten, aus
denen kein Dialekt herauszuhören ist, einen trockenen
Weißwein. Für sich allein sitzt er da, mit dem Rücken zur Uhr, und liest in der Zeitung von vorge-
stern. Ab und zu nippt er an seinem Weinglas, die
Speisekarte bleibt unbesehen. Den Bierdeckel dreht
und wendet er, als gäbe es darauf etwas Besonderes zu
entdecken. Keinen Stuhlbeinwink versteht er. Keinen
Autoschlüssel sieht man auf dem Tisch liegen. Er
erkundigt sich bei niemandem nach einer Übernach-
tungsmöglichkeit. Vergißt nicht einmal ein Fluchtge-
päck am Kleiderständer. Er steht einfach irgendwann
auf und geht, mit einem Kopfnicken in alle Richtungen, ohne die Zeche geprellt zu haben, zur Tür hinaus
in die Nacht und hinterläßt sein halbvolles Glas.

Rentnerrunde

Einmal die Woche treffen sie sich. Auch wenn sie kaum noch ein Reisigbündel verlupft kriegen, kommen sie noch immer mit dem Schaffschurz daher. Alle schlotzen sie dieselben Verschnittweine, die von Jahr zu Jahr süßer werden. Außer einem, dem die Wirtin das Bier mit ihrer Handwärme staucht. Manchmal bedient die Tochter, die auf anzügliche Fragen schlagfertig lächeln kann. Mit dem Alter sind ihre Ansichten himmelslastiger geworden. Sie kramen in ihren Gedächtnissen, kennen sich nicht mehr aus in den Friedenswirren, der Fortschritt hat für sie das Tempo eines durchgehenden Pferdegespanns. Manchmal erklärt ihnen ein mitgegangenes Enkelkind für ein Bluna und einen Pack Salzstengel die Welt. Auf das Dasein spickeln sie durch ungestopfte Sparstrumpflöcher. Was sie hier vertrinken, darum gibt es später schon keine Erbstreitigkeiten. Was bin ich schuldig, wollen sie jedesmal wissen. Treffen sie sich außerhalb der Zeit, sind sie auf einer Leich gewesen.

Bahnhofsgaststätte

Die Bahnhofsgaststätte ist ein Wartesaalanbau. Sie öffnet mit dem ersten Zug und schließt mit dem letzten. Eine in die Wand gehauene Tür führt direkt zum Bahnsteig. Zum Fenster hin sitzen Reisende, die ihre Anschlußzüge verpaßt haben, und bewachen ihre Koffer. Sonst setzt sich das Publikum aus einer Runde zusammen, die sich nach dem morgendlichen Ämtergang hier aufwärmt. Bei manchen haben die Stuhlbeine schon Wurzeln geschlagen. Einer bewohnt einen möblierten Umzugskarton. Einer hat sich Becketts Mülltonne tapeziert. Sie bilden den Kontrast zu der Schlange am Fahrkartenschalter. Inmitten der Ankunfts- und Abfahrtszeiten verspottet ihr Dasitzen im Durchzug die Geschäftigkeit und die halbstündigen Verspätungen. Wer wie sie in den Jackenärmel schneuzt, hat auch kein Taschentuch zum Winken. Um die Mittagszeit riechen die Gerichte aus der Kochnische mehr nach einer Armenspeisung. Es ist der falsche Ort, um sich an den Wasserflecken auf den Gläsern zu stören. Wer über seinem Bier einnickt, den wecken die Pfiffe der Schaffner.

Bierfahrer

Er ist noch einer vom alten Schlag, fing damals als
Beifahrer an von einem, der noch mit dem Pferde-
fuhrwerk ausgefahren hatte, und jetzt lenkt er selber
den ältesten Lastwagen der Brauerei. Nach jeder Ab-
ladestelle legt er eine kleine Vesperpause ein. Der Fett-
fleck von seinem Speckbrot ist sein Unterschrifts-
kürzel auf dem Lieferschein. Lokale, die ein Ambien-
te besitzen, mag er nicht. Bei Neueröffnungen kann
er auf den ersten Blick die ungefähre Pachtdauer vor-
aussagen. Jedesmal flucht er wegen dem vielen Leer-
gut und läßt die Hälfte bis zur nächsten Tour stehen.
Wenn oben nur noch ein verstellter Bierdruck aus dem
Zapfhahn schäumt, hat man sich einmal zuviel über
ihn beschwert. Sein leichtes Buckeln ist kein Verbeu-
gungsansatz, sondern kommt von den Wirtshäusern,
die keine ebenerdigen Keller haben. Er schüttelt nur
den Kopf, wenn im Sommer die Ferienjobber an ihrem ersten Tag die Bierkästen wie Hanteln stemmen.
Würde er die abgeladenen Fässer seines ganzen Ar-
beitslebens zusammenzählen, hätte er glattweg das
Gewicht eines Berges versetzt.

Umtrunk

Einer kann zehn Bierdeckel mit seinem Zeigefinger durchstoßen. Einer ißt abgepacktes Studentenfutter als Geistesnahrung. Einem trocknet nach jedem Satz der Mund aus. Einer kriegt selbst beim Glasheben nicht die Bandgeschwindigkeit aus seiner Bewegung. Einer liest die Vermißtenanzeigen nach sich selber durch. Einer stößt im Horoskop von vorletzter Woche auf ein großes Ereignis in seinem Leben. Einer sitzt in Hausschuhen da, weil er nur kurz Zigaretten holen wollte. Einer, der seit vier Tagen fehlt, ist das Gesprächsthema. Einer kommt durch den Hintereingang wegen der Krankenkontrolleure. Einer stiert vor sich hin. Einer nickt zu allem. Einer ist so friedliebend, daß er damit alle anderen händelsüchtig macht.

Ausflugslokal

Schön ist es hier nur, wenn man sich in der Jahreszeit geirrt hat. Oder wenn das Wetter stürzt über die vielen aufgestellten Hinweisschilder. Der strömende Regen wischt dann die Kreideschrift auf den Preistafeln ab. Man kann einen Sonnenschirm aufspannen und sich an den übereilt verlassenen Biertischen selbst bedienen. Mit einmal weiß man, warum das Lokal Waldeslust heißt. Weit und breit keine Wanderer mehr, denen der Autoschlüssel zum Hosenbund raushängt. Nirgends ein Spazierstockgefecht, dem man noch aus dem Weg gehen müßte. Die aufgeweichten Trampelpfade sind für heute unbegehbar. Die Hochsitze verneigen sich bis zur Schräglage vorm Wind. Die zahmgefütterten Wildschweine, verkrochen in ihrem Gehege. So weit der Rundblick durch den Regenvorhang reicht, ist ein Himmelsaushub ein jeder Hügel.

Zum Hirsch

Wer nach dem Gebetläuten noch unterwegs war, der ist im Hirschen eingekehrt, einem Wirtshaus, das nur noch in einigen verstreuten Eintragungen der Pfarrchronik existiert. Tanzvergnügungen, bei denen mitunter sogar Zigeuner aufgespielt hätten, seien eine sittliche Gefahr gewesen. Die nächtlichen Heimwege ein regelrechtes Lustwandeln. Den Feldschütz, so läßt sich nachlesen, hat man hier mit Branntwein abgefüllt, derweil draußen Krautländer abgeräumt wurden. Schultheißenklagen, daß die Armenunterstützung des Dorfes hier vertrunken wurde. Ein Hort für lichtscheues Gesindel, wo Wandergesellen ihr aufrührerisches Gedankengut an die Dorfjugend weitergaben, Reden führten gegen die weltliche Obrigkeit. Keine Hinweise finden sich zwischen Weibsleuten, Ausschweifungen und Zügellosigkeit, über den ehemaligen Standort, ob das Haus in Flammen aufging, wann es abgebrochen wurde.

Festende

Ein Kometensplitter hat eingeschlagen, die Druckwelle einer Geselligkeit ist über den Raum gegangen,
ein geweckter Flaschengeist hat randaliert. Wie nach
einer Elefantenbruchlandung sieht es hier aus, als wäre
ein Hochzeitskonvoi mit einem Trauerzug zusammen-
gestoßen. Abgefüllte Heinzelmännchen liegen unter
den Bänken. Legt man das Ohr an die Schalldäm-
mung, hört man noch das Rauschen der Stimmungs-
musik darin. Knöcheltief muß man durch Sitzkissen
waten. Sternschnuppenförmige Brandlöcher in den
Tischdecken. Die Konfettischnipsel liegen da wie
Augenschuppen. Überall Stolperfallen, die einen auffangen. Die Bühne, eine Insel in einem ausgetrock-
neten Meer, alles andere Strandgut. Wer sich beim
Zusammenfegen an den Glasscherben nicht schneidet, hat das Glück gehabt, das sie bringen sollen.
Nach dreimaligem Auswringen sieht das Putzwasser
aus wie aus einer Finsternis destilliert.

Ein leerer Stuhl

Sie sitzen am Tisch, ein Senkblei um den Hals, eine Erdenschwere im Kopf. Jetzt erst, wo keiner mehr etwas sagen kann, hören sie, daß er immer so leis hat reden können, wie ein Zünglein an der Waage. Sein volles Schmerzensquantum, zu viel für ein Leben, zu wenig für ein Schicksal. Sogar die Flicken an seinen verwaschenen Spendierhosen hat er immer selber angenäht. Was er anschreiben ließ ins Schuldenbuch, das steht dort nun als eine Bringschuld von ihnen, die sich nicht mehr begleichen läßt. Ihr Nachgerufenes verhallt am Kondolenzlistenende: die Statik seiner Bierdeckelhäuser vertrug kein Schulterklopfen, das Angenehme mit dem Nutzlosen konnte er verbinden und war uns allen abbruchhaushoch überlegen. Wirtshaussätze, die sich auf keine Kranzschleife lettern lassen. Sie können ihn nur noch in der Erinnerung behalten. Am besten so, wie er lacht auf dem Aufstiegsphoto von 1962, das eingerahmt über der Theke hängt. Das Bier schmeckt heut nach dem Magenbitter, den er als einziger immer getrunken hat. Damit die hinterlassene Lücke nicht so augenscheinlich klafft, rücken sie enger zusammen.

Menschenbilder

Lisbeth

Sie schneuzt in die Stoffreste einer Zwangsjacke. Ihre Gedanken machen Sprünge. Wie Feldhasen flüchten, im Zickzack hin und her, so fahrig redet sie. Fünfzehn Jahre lang hat sie als Näherin gearbeitet, bis sie von einem Tag auf den andern daheimblieb. Wer an die Tür klopfte, war ein Hiobsbote. Nicht einmal den Geschwistern hat sie mehr aufgemacht. Sie ließ sich aus jeder Verwahrung los, aus Sparsamkeitsgründen kochte und heizte sie nicht mehr. Alle, sagt sie, hätten ihr verheimlicht, daß ihre Mutter eine Gräfin gewesen war. Bei einer Blinddarmoperation habe man ihr ein Samenband eingepflanzt, von dem sie sechs Mal schwanger geworden sei, die Kinder habe man ihr genommen. Sie unterschreibt nichts, nicht einmal den Quittungszettel fürs Taschengeld. Ein Erinnerungskorsett trägt sie, das ihr die Luft abschnürt. Auf einem Photo, auf dem ihr Verlobter in Uniform dasteht unter einer Birke, zeigt sie mir am Bildrand die zwei äußersten Äste, wie sie sich über ihm verzweigen zu einem Kreuz. Ein paar Tage darauf sei er gefallen. Von ihrer Kindheit, die Schleifsteine geschluckt hat, rührt ein Magenleiden her. Als

sie deswegen ins Krankenhaus muß, bittet sie flehent-
lich, während ihres Fortseins ihre sechs Kinder zu
versorgen. Ein jeglicher Hund, den sie in der Ferne
bellen hört, heißt Hasso. Weil ihn irgend jemand an
der Kette verhungern lassen will, sammelt sie Essens-
reste bis zum Verschimmeln. Allem widerspricht sie
im voraus, nickt nur ein einziges Mal am Tag, wenn
ihr auf dem Gangsofa beim Einschlafen der Kopf auf
die Brust sinkt.

Frau Salow

Nur im Halbdunkel, wenn sie auf dem Weg zum Klo über den Gang schlurft, krieg ich sie mitunter zu Gesicht. Um schlafen zu können, braucht sie manchmal ein Aufputschmittel. Sie ist im Vollbesitz ihrer geistigen Schwäche. Mit wirren Haaren und einer zerstreuten Klarheit meldet sich ihr Unterich zu Wort. Jede Frage muß man ihr zehnmal beantworten, weil sie nur noch ein Langzeitgedächtnis hat. In dem hat sie als Fahrkartenkontrolleurin gearbeitet und danach als Helferin in einem Kreißsaal, wo einmal eine Gebärende in ihren Armen gestorben sei. Weite Räume und alles Offene engen sie ein. Ihre Stirnrunzeln sehen aus wie Gewissensbißnarben. Eigentlich müßte man wegen ihr überall Kindersicherungen einbauen. Tagsüber sitzt sie da und brütet Stopfeier aus. Es gibt nichts, was ihr nicht wehtut. Bei ihren Schmerzen wirken nur Placebos.

Frau Bleckmann

Sie ist von den anderen Bewohnern einstimmig zur ersten Vorsitzenden des Heimbeirates gewählt worden. Bei Volksmusiksendungen im Fernsehen singt sie so entsetzlich falsch mit, daß man diese Lieder zu mögen beginnt. An ihrem letzten Geburtstag hat sie den ganzen Tag lang gewartet auf den Besuch ihres Sohnes, der dann abends anrief, daß der Hund krank wäre. Wochenlang hat sie jedem von der bevorstehenden Taufe ihres Enkels erzählt, zu der sie dann nicht eingeladen wurde. Fängt sie daraufhin an, hintereinander fünf Kuchenstücke hinunterzuschlingen und sich außer Haus noch zusätzlich mit Süßem zu versorgen, ist es das erste Anzeichen für einen neuen Schub. Schweigend läuft sie jetzt herum und merkt dabei nicht mehr, wie ihr die Zunge heraushängt. Für einen Nachmittag wird sie von einer Frau abgeholt zu einer Kaffeefahrt und will hinterher nicht glauben, daß es ihre Tochter gewesen sein soll. Von gestern auf heut hat sich zuviel Tränenflüssigkeit angesammelt, die sie über eine nun auftretende Blasenschwäche ausweint. Mit diesem Trauerleck setzt sie sich auf alle Sessel und Stühle im Haus. Ihre Depressionsattacken kann sie nur abwehren, indem sie augenblickslang vergißt, wer sie ist. Sie läßt ihren Blick verwildern. Kratzt sich auf an mehreren Körperstellen, als wolle da etwas heraus aus ihr. Jeden Abend muß ihr jetzt wieder von neuem gezeigt werden, in welchem Zimmer sie schläft. Verwundert schaut sie sich darin um und erkennt, wo sie ist, an ihrem Kofferradio, das dann die ganze Nacht hindurch läuft.

Frau Becker

Werden ihr um Mitternacht noch mal die Windeln gewechselt, will sie sich, im Glauben, daß sie jetzt endlich abgeholt wird, gleich anziehen. Du bist schon alt, du mußt bald sterben, sagt sie zu den anderen Bewohnern. Die erzählen sich, ihr Mann hätte sie früher einmal mit einer Flasche Schnaps in eine Sauna gesperrt und erst wieder geöffnet, nachdem sie leergetrunken hatte. Die Polizei war da, ich hab ihr die Wahrheit gesagt, warnt sie uns in ihren Selbstgesprächen. Andauernd redet sie von einem Film, den sie gedreht hätte, von ihrer Hauptrolle als nackte Königin von England. Ein anderes Mal hat sie das alles nur für ihre Kinder getan. Manchmal hat sie lichte Augenblicke und antwortet einen Satz lang ganz normal. Manchmal ist sie hier in einem Hotel. Nichts darf man rumstehen lassen, alles wird von ihr verräumt. Vorige Woche hat sie den ganzen Busverkehr aufgehalten, als sie an der Haltestelle vorm Haus eingestiegen ist und nach Düsseldorf wollte. Mutti, ich hab dich jetzt hingelegt, sagt sie zu sich selber, wenn man sie zudeckt. Im Schlaf drückt sie sich an einen kleinen gelben Stoffbären. Manchmal verwechselt sie mich mit jemandem, umarmt mich und flüstert dann. Allmorgendlich, bevor ich heimgehe, werde ich von ihr beauftragt, in die Schweiz zu fahren, um ihren Schmuck zu holen, ihre Goldringe und die Pelze.

Frau Lipp

Im Rückspiegel sehe ich ihre immer kleiner werdende Gestalt die Bundesstraße entlanglaufen. Immer trampt sie dort, wo man beim allerbesten Willen nicht halten kann. Bevor sie hierherkam, war sie Bürokauffrau mit Abschluß und hatte mehrere Arbeitsstellen, von jedesmal kürzerer Dauer. Zuletzt lag sie daheim eineinhalb Jahre lang nur noch im Nachthemd da. In dieser Auszeit hat sie sich fast ausschließlich von Cola und Schnaps ernährt und am Tag zweihundert Zigaretten geraucht zu einer Kette, mit der ihre Mutter sie ans Bett gebunden hat. Ins Hospital eingeliefert, wog sie damals noch dreiunddreißig Kilo. Hier schluckt sie jetzt alles nahezu unzerkaut in einer atemraubenden Geschwindigkeit, als müßte sie mit dem Eßlöffel ein Loch zuschaufeln in sich. Wie fühllos schreckt ihr Mund nicht mehr zurück vor Kaltem oder Heißem. Gefühlsschwankungen kann bei ihr ein Luftzug verursachen. Fünfzig wird sie bald und hat noch die Pubertät vor sich. Schaut man sie an, vibrieren ihre Augen. Wenn sie lachen muß, stiebt etwas in ihr auseinander. Sobald es still und dunkel ist im Haus, steht sie auf und trinkt im Gang unten den kalten Nach-

mittagskaffee. Sind ihre eingeteilten Zigaretten ver-
raucht, unterhält sie sich mit den Fischen im Aquari-
um.

Frau von der Pohl

Das schönste Mädchen weit und breit sei sie gewesen, behauptet sie mit ihrem aufgeschwemmten Gesicht. Glaubwürdig ist so etwas allein schon deswegen, weil sie würdig selber daran glaubt. Ihr Fett hat sie sich nur als Panzer zugelegt, als fleischiges Futteral für ihre Seele. Immer, wenn ihr jemand ins Reden hineinfragt, bringt sie Jahreszahlen und Ereignisse durcheinander und muß dann wieder ganz von hinten anfangen mit ihrer Geschichte. Die besten Jahre hat sie in Baden-Baden als Serviererin verbracht. Daß die Chefin dort ihre Stiefmutter gewesen war, unterschlägt sie einfach. Sämtliche Gäste habe sie unter den Tisch getrunken, weil ihr Cognacglas nur mit Schwarztee gefüllt gewesen sei. Bei einem Parkspaziergang habe sie ihren Mann kennengelernt, einen holländischen Zimmermann, und ihm nach einigen Wochen ein Malheur gebeichtet. Die Hochzeit, mit weißen Orchideen in seiner Heimatstadt Amsterdam. In den Jahren darauf habe sie die Schnuller ihrer vier Kinder in den Honighafen getaucht, damit sie aufhören sollten mit Plärren. Als er eine andere schwängerte, habe sie ihn verlassen, nachdem er gegangen sei. Noch nie hat sie erwähnt, daß sie beim Tod ihres Vaters einen Schreikrampf bekommen und dann drei Jahre lang kein einziges Wort mehr gesprochen hat. Von ihrem ältesten Sohn gibt es zwei Enkelkinder, von denen sie aber bisher noch nicht einmal die Namen erfahren hat. Daß er damals im Heim aufwachsen mußte, bedenkt sie nicht mehr. Einmal, sagt sie, habe sie in der Spielbank mit einem Einsatz fünfhundert Mark gewonnen. Und heute ist sie sich fast sicher, daß alles anders gekommen wäre in ihrem Leben, hätte sie an diesem Abend dann weitergespielt, ihre Glückssträhne nicht abreißen lassen.

Herr Hackel

Sein Alter hat uns schon alle überstorben. Wenn man mitansieht, wie er jeden Tag kindlicher wird, erscheint einem der Tod wie eine verkehrte Geburt. Langsam verlernt er sogar das Mundharmonikaspielen, ist unzufrieden, weil sich, abgehackt durchs Atemholen, sein Walzer mehr nach einer Polka anhört. Manchmal fragt er mich an einem Abend dreimal nach dem Lohn und kann die Summe dann jedesmal weniger fassen, weil es das Zigfache ist von dem, was er vor fünfzig Jahren verdient hat. Er hört so schlecht, daß er alles mitkriegt. Zur Fastnachtspolonaise trommelt er mit den Fingern auf der Sessellehne mit. Ist er verärgert ohne ersichtlichen Grund, mault er mit russischen Brocken vor sich hin. Manchmal hat er unter seiner Tagesdecke so eiskalte Füße, als würde er im Halbschlaf gerade die Tundra durchwandern. Hellwach von seinem Schlummertrunk fingert er nachts an seiner Windel rum wie an einem Koppelschloß, das er abreißen will. Wenn er mich Wassili nennt, so leis, daß es niemand hört, hat er mich als Fluchthelfer eingeweiht. Wo er sich als Dreijähriger Anfang des Jahrhunderts wehgetan hat, abgeworfen von seinem Steckenpferd, an dieser Stelle neigt er jetzt zum wundgelegenen Offensein.

Frau Wolker

Sie verfolgt die Gottesdienste vom Fernsehsessel aus, bewegt bei den Kirchenliedern ihre Lippen mit. Um Kindheit und Mädchenjahre hat sie der Krieg gebracht. Danach mußte sie den Haushalt und die Geschwister versorgen. Sich zuliebe habe sie nie nichts getan, sei immer nur für andre dagewesen, bis sie sich dann selbst los gewesen sei. Von ihrem Schauspielwunsch habe sie daheim nur ein Affentheater gehabt. Amorpfeile prallten ab an ihrer Brust, die gepanzert war mit einem Filmplakat von Johannes Heesters. Auch ohne daß sie es erzählt, weiß ich, daß es zwischen ihr und den Verehrern nur an Rapunzelhaarlängen gefehlt hat. Drucksenkende Mittel braucht sie für ihr Herz, das schon zweimal einem Traumversagen nahe war. Eine latente Lachbereitschaft ist bei ihr vorhanden. Aus dem Fundus des Nichterlebten kann sie schöpfen und ist vielleicht deshalb so lebensfroh lieblich. Richtig gearbeitet hat sie später auf einem Amt bis zur Pflichtbewußtseinsstörung. Dann gab sie eine Zeitlang jeden Tag ein Monatsgehalt aus. Zuletzt trank sie hundert Nächte voll Schlaf in einem Zug und ist wieder aufgewacht, als ihr der

Kopf ausgepumpt wurde. Sind die Süßigkeiten aus, bring ich ihr manchmal welche von daheim mit, damit sie einen Grund hat, sich zu freuen. Bei Nachrichtensendungen können wir dieselben Politiker nicht leiden, sie sieht dabei die Erscheinung und ich hör das Gesagte dazu. Legten wir unsre beiden Lebensalter zusammen, hätten wir hundert Jahre zum Verjubeln.

Kindheitskaleidoskop

Ein Stiegenknarren suchte nach des Großvaters Schnapsflaschenversteck. Hellhörig vernahmen wir die Stimmen der Eltern im Streit. Es rumpelten die in Wolfsbäuchen gelegenen Wackersteine, die mit eingemauert waren in die Wände unsres Zimmers. Die Turmuhr zählte die fehlenden Sterne. Unser Kopf lag auf einem Nadelkissen. Moos begann auf der Bettdecke zu wachsen. Wolkenbrüche sangen uns in den Schlaf. Lautlos webten Spinnen unter Schlafwandlers Fehltritten ein dunkles Netz. Sägmehl streuten uns die Träume in die Augenwinkel.

Der Tag wurde nicht vorm Abend gelobt und der Abend nicht vorm nächsten Tag. Ein Pendel schlug aus zwischen weniger als nichts und mehr als allem. Nur auf den Bildern blieb etwas zum Greifen fern. Auf dem allerersten hatte man unser Täuflingsweinen weggelichtet. Ein weißes Bündel waren wir damals und soviele Monate alt, wie unsre Eltern sich gekannt hatten vor unsrer Zeugung. Eigentlich sah man immer nur, wie man in die Kamera hineinschaute. Weil solche Photos nur ein Größerwerden zeigten, hätte man sie später für jede Wunschbiographie verwenden können. Steif, wie angehende Kindheitsabsolventen, uns täuschend unähnlich, standen wir da. Das Dachgestühl unsres Geburtshauses, eine Schwebebalkenkonstruktion. Wir waren zu Niederem berufen. Fragten wir nach der Zeit, wurde uns nur gesagt, wievielmal wir noch schlafen mußten.

Wir fremdelten vor schwarzen Bärten, tiefen Frauenstimmen, weißen Pfarrerskrägen. Den lieben langen Tag liefen wir herum mit Schlafkrümeln in den Augen. Auf der Gasse malten wir einen Kreidekreis um uns. Gebrannte Kinder waren wir, die die Brandsalben scheuten. Unser Säuglingsgebrüll blieb die einzige Stimmbildung. Von einer entfernten Verwandten mütterlicherseits, die ein Scheunenloch hinuntergesprungen war, hatten wir die Veranlagung zur Schwermut. Die Respektspersonen rochen allesamt nach Mottenkugeln. Still saßen wir am Tisch, hatten entweder den Mund noch voll, oder wurden nichts gefragt.

Als Sorgenkind wurde uns der Ungehorsam zu einem zweiten Tastsinn. Jede Gelegenheit im Kaufhaus nützten wir zum Verlaufen. Von jedem fremden Onkel nahmen wir ein Bonbon an. Daumenschrauben machten uns zu Zehenlutschern. Mit einer Drachenschnur haben wir die Fallhöhe gemessen von den Wolken zur Erde. Großvater mußte uns Stelzen zimmern aus Hopfenstangen. Wir kauten Sauerampfer und rauchten Lindenseile. Neun Geschwister zählte unser schlechter Umgang. Man hatte von uns das Falsche zu verlangen, damit unser Trotz das Richtige tat. Wund, vom ewigen Warten aufs Großwerden, war unser Sitzfleisch. Zum Geburtstag wünschten wir uns einen Stock und einen Hut. Mutters Rockzipfel nahmen wir nur noch zum Schneuzen.

Jede Häuseransammlung war ein Ort. Im Gehen zogen wir eine ungerade Furche hinter uns her. Unser Schatten, eine Ausstecherform. Immer wurde unser Name gegen die Laufrichtung gerufen. Der Wunderfitz führte uns bei der Hand. Manchmal schwanzten wir sogar strümpfig herum. An jeder Ecke fragte man uns aus. Weil wir dann nichts verheben konnten, wurde uns von daheim aus auch nichts anvertraut. Unsre Hände bildeten die Sprosse einer Spitzbubenleiter. In einen Brustbeutel paßten unsre Schätze. Einmal sahen wir im Gemeindewald den Zapfensammlern zu, wie sie hinaufstiegen in die Wipfel der Tannen. Von diesem Bild an wollten wir kein Pilot mehr werden. Am ausgestreckten Arm der Wegweiser übten wir Klimmzüge, bis sie sich nach unten verbogen.

Wenn die Glocken läuteten, hatten die Frühaufsteher schon den zweiten Stumpen geraucht. Bis die Sonne vollends aufging, waren sie mit ihrem Tagwerk fertig. Die Küchenuhren gingen um einen ausgesetzten Herzschlag nach. Auf dem Kalenderblatt war es vormorgen oder übergestern. Einmal erblickten wir den Vater durchs Schlüsselloch, wie er stumm am Stubentisch saß und seinen Kopf festhielt mit beiden Händen. Schlug man Nägel ein, um Ahnenbilder aufzuhängen, bekamen die Wände Risse. Die alte Roßdecke, von niemandem vermißt, lag in unserem Heuversteck, ausgebreitet unter dem gläsernen Dachziegel. Wo geht ihr jetzt noch hin, wurde abends gefragt. Sterne melken, antworteten wir fünf Jahre später.

Was wir anstellten, machten wir noch mit Fleiß. Ein Augengitter, der vors Gesicht gehaltene Teppichklopfer. Wir verhedderten uns im Gummitwist der Schwester, die unsere Kindsmagd sein mußte. Nach durchstrittenen Nächten sahen wir morgens den Rauhreif in den Augen der Mutter, die dann zärtlich zu uns war. Auf dem Feld schauten wir zu, wie Großvater sich über eine Schnittwunde am Finger seichte. Nach außen hin wurde alles unter den Stubenteppich gekehrt, auf dem wir das Laufen lernten. Die freundlichen Stimmen, die hereinwollten, hatten alle säuselnde Kreide gefressen. Wir merkten gleich beim ersten Bissen, ob ein Sonntagskuchen mit Knochenmehl gebacken war.

Was ein Bolzenschußapparat ist, wußten wir, noch bevor wir das Wort überhaupt richtig aussprechen konnten. Schnäbelnde Krokodile schauten aus unseren Bilderbuchseiten, schnurrende Saurier und zutrauliche Ungeheuer. Keinen Rehbraten konnten wir essen, weil die Soße abgeschmeckt war mit dem Speichel, der aus Jagdhörnern tropfte. Erwachsene stellten nichts weiter dar als Riesen, die an Zwergenwuchs litten. Das Mitgefühl mit den Schwächeren stufte die Kindergärtnerin als leichte Lernbehinderung ein. Windelweich wurden wir gestreichelt. Im Zimmerarrest schüttelten wir eine Glaskugel, bis es anfing zu schneien. Wir, Laternenlieder singend, eine kleine frierende Heerschar, die der Reitersgestalt mit dem weiten Mantel und dem baumelnden Schwert gefolgt wäre nach überall hin.

Eine Ehre zum Fürchten mußte man haben vor den Toten. Auf unserer ersten Leich hörten wir die Stimme der Großmutter nicht heraus aus dem Sünderchor. Damit keiner dem Tod auffällt, hatten sich alle schwarz angezogen. Wir schlotzten an den Rosenkranzperlen. Das ausgehobene Grab, so tief wie eine ausgetrocknete Furtstelle. Wir glaubten zu wissen, daß die Seelen an heruntergelassenen Regenbögen in den Himmel hinaufklettern, von wo sie dann herabsehen. Immer gingen wir gern mit hin auf den Friedhof, weil man nur dort etwas vom Leben der Leute erfuhr. Schon als wir, an der Hand geführt, Hennendapper machen konnten, nahm man uns mit zum Gräbergießen. Anhand der eingemeißelten Namen wurde das Lesen mit uns geübt. Mit den Geburts- und Todesjahren wurden uns die Zahlen beigebracht.

Nußknacker zerbissen Vorhängeschlösser. Mit einer Schlüsselblume ließen sich Tresore öffnen. Nichts war mehr mündelsicher vor uns. Der Unterschied zwischen stibitzen und stehlen war gleich groß wie der zwischen schwindeln und lügen. Aßen wir den Teller nicht leer, schlug tags darauf ein Haus weiter der Blitz ein. Warfen wir eine Brotscheibe weg, verhungerte ein Kind in Afrika. Wegen eines Lachanfalls von uns würde die Schwester für alle Zeit ledig bleiben müssen. Logen wir den Pfarrer an, erloschen die Windlichter auf dem Friedhof. Ins Frischgeweißte qualmte der Küchenofen, als wir unser Kerbholz drin verbrannten.

Die Entfernungen waren mit Kinderscheuchen verstellt und mit Leinenlängen vermessen. Der Rückenwind blies uns ins Gesicht. Bittelnd und bettelnd wurde ein Auge zugedrückt und mit dem anderen weggesehen. Reglos, wie ausgestopft mit Fleisch und Blut, versteckten wir uns hinterm Vorzeigbaren. Im Vorbeifahren lagen an einer Unfallstelle Leitplankenteile wie abgerissne Engelsflügel da. Für unseren Brustbeutel schenkte uns Großmutter das vertrocknete Speckstück aus einer Mausfalle, die nicht ausgelöst hatte. Die Riemen des Schulranzens schnitten wie ein Zaumzeug in die Schulter. Die Wahrheit kannte nur sich. Als seien wir noch nichts, wurden wir immer gefragt, was wir denn einmal werden wollen.

Die Stille im Haus ließ das Ticken der Küchenuhr dröhnen. In der Frühschicht saßen die Väter mit sich allein am Tisch. Manchmal war nur die Leuchte über dem Spülbecken an. Sie tranken ihren Kaffee in kleinen Schlücken, viel essen konnten sie so früh noch nicht. Die Müdigkeit, ein Brennen in ihren Augen. Die Stunde Schlaf, nachher im Bus, würde sie nur noch müder machen. Fünf vor halb vier begaben sie sich auf den Weg, die Arbeitsmappe zog an ihren Armen. Unter ihren Schritten wurde ihnen die Straße zu einem breiten Riß zwischen den Häusern. Die Nacht, auf die sie zugingen, war das Dunkel eines gähnenden Rachens.

Aus einem alten Kartoffelsack zusammengenäht war unser Indianerhemd. Weil wir vom Apfel auch den Butzen mitaßen, sah man auf den zweiten Blick, woher wir kamen. Die Grenzsteine auf den Äckern, von Wind und Wetter abgeschliffen, ragten wie Säulenstümpfe aus der Erde. Einmal mit Blut begossen, sagte jemand, wächst kein Moos mehr daran. Zwischen dem Erzähltbekommenen und den ersten Beatlestönen saßen wir als Waagscheißer da und mußten zwei Welten austarieren. An aufgeschnappten Fremdwörtern wetzten wir uns die Zunge. Bei Mantelkäufen wurde so lang aufs Herabsetzen der Winterware gewartet, bis es dann Frühling wurde.

Schanderhalber machten wir mit und waren hinterher für alle der Anstifter gewesen. Auf Proben gestellt, konnte es auch ein Versagen sein, sie zu bestehen. Wir glaubten noch, daß Schwäne sich von Seerosen ernähren. Mühelos verstanden wir die fuchtelnden Laute der Wunderlichen. Der ist nicht richtig im Kopf, sagten die, die falsch im Herzen waren. Wir hatten noch nicht genug Dummheiten begangen, um schon gescheit zu sein. Die Schultüte war mit Süßem gefüllt, damit man sie nicht als Zauberhut aufsetzen konnte. Unser erstes Taschengeld betrug nichtmal das Hundertstel einer Waisenrente. Als der erste leibhaftige König, den wir zu Gesicht bekamen, ein vom Schützenverein gekrönter Krakeeler war, verstummten die Märchen. Es gab Schmerzen, die waren so tief, daß wir grundlos weinten.

Keinen Wundschorf konnten wir mehr leiden. Wollten wir fortlaufen, stolperten wir über die aufgehenden Schuhbändel. Schon vom Herzpochen allein bekamen wir Nasenbluten. Geschwächt waren wir von der Anstrengung, die das Starktun erforderte. Am Ende jeder Streiterei saß uns einer auf dem Brustkorb, seine Knie in unsre Armbeugen gedrückt, während wir an seinem Blick vorbei in den Himmel starrten, den die Wolken jedesmal anders verschoben. Nicht um Hilfe zu rufen, das war unsere Überlegenheit. Feige fühlten wir uns nur, wenn andere gequält und bugsiert wurden. Alle Schläge wogen nichts gegen diesen Schmerz, wenn man sich auf die Lippen biß wegen eines Wortes. Klein war die Kraft, die hineinpaßte in eine geballte Faust.

In den Kirchenboden schämten sich unsere Großmütter, wenn wir verstrubbelt vorne standen und vom
Weihraucheinatmen einen Hickser hatten. Sie zähl-
ten ihre Baldriantropfen ab wie noch verbleibende
Jahre. Ihre Brestionen hielten sie bis zuletzt am Leben.
Redeten sie einmal nicht vom Sterben, schwärmten
sie von den schlechten alten Zeiten, erzählten vom
Armsein wie von einem Adelstitel. Weil sie die In-
haltsstoffe unserer verschriebenen Arznei nicht lesen
konnten, bekamen wir Schmalzwickel und Senfbäder.
Auf bockelharten Brotriebeln kauten sie mit ihren
Zahnstummeln herum. Es gräbt mich, sagten sie,
wenn sie etwas bereuten.

Als hätte man uns eine Augenbinde abgenommen, das erstmalige Blättern in einem Reizwäschekatalog. Überall bemerkten wir bald darauf das Augenwedeln von Verliebten beim Blickkontakt. Nicht alle Frauen waren Mütter. Daß sie mit Fleisch bewachsene Männerrippen sind, stand in der Bibel. Ein Filmkuß von Kleopatra versengte uns die Augenbrauen. Noch lang nicht alt genug waren wir, um schon mit Liebesentzug belohnt zu werden. Unser Taschengeld reichte nicht aus, den Mädchen Zuckerwatte zu spendieren, mit der sie ihre Blusen hätten ausstopfen können. Unsre Unschuld spähte noch durch Schlüssellöcher. Ein Liebesschwur hätte uns die Zunge verklemmt. Ohne eine Aufklärung reifte unser Geschlecht heran, wuchsen erste krause Haare, die sich für irgend etwas schämten. Die Nacktheit der Eltern, eigentlich nur ein faltig zerschlissenes Paradieskostüm. Daß die sieben Zwerge Schneewittchens uneheliche Kinder waren, reimten wir uns selbst zusammen.

Nicht heiklig, putzen wir das auf den Boden gefallene Butterbrot an unserem Ärmel ab. Ins aufgebockte Lachenfaß stiegen wir und spielten darin Unterseeboot. Schlammlöcher legten wir an und zeigten den Kleineren im Sandkasten, wie man Maurerdreck macht. Jede Pfütze im Hof reichte uns zur Katzenwäsche. Beim Heimkommen rochen wir wie ein wandelnder Mistbatzen. Freiwillig durfte uns nur der Platzregen waschen. Ein Klauenmesser brauchte man für das Schwarze unter unseren Fingernägeln. In der Waschküche stand die Wanne, in der auch die Sau abgebrüht wurde beim Metzgen. Samstags setzte man uns dann da hinein ins Badewasser der Großmutter. Heißes Wasser wurde nachgeleert, bis unsere Plastikente in den Dampfschwaden anfing zu schmelzen. Mit einer Stahlbürste ließen sich graue Nudeln abreiben von unserer Haut. Am Ende sahen wir aus wie ein gerupfter Schmutzfink und hatten einen Ausschlag von der Kernseife. Auf die Stellen, die nicht mehr sauber wurden, trug man Deckweiß auf.

Mit der verplemperten Zeit wurden unsre Unwissenheiten immer fundierter. Angestrengt taten wir so, als würden wir nicht weghören. Als Mutterstolz waren wir ein Vaterelend. Dem Vergangenen trottete man voraus, der Zukunft hinterher. Mit den Gassenfreunden wurde geteiltes Leid eine doppelte Freude. Küsse, mauschelten die Älteren, würden das Stottern heilen und die Eiszapfen am Gaumen schmelzen. Unsre kitzligen Stellen rieben wir mit Franzbranntwein ein. Außer Übungsdiktaten gab es nichts Fehlerloses. Unsre allerersten Schier: von Großvater grün angestrichene Faßdauben, mit einem Lederriemen als Bindung und angespitzten Stecken als Stöcken, nur geradeaus konnte man gleiten damit.

Mit einer Tortenschaufel ließ sich unsre schleckige Zunge schaben. Am liebsten hätten wir uns von lautrigem Kranzbrot ernährt. Kauften wir vom Opfergeld heimlich Schlecksach, war der Regen ein Himmelsweinen. Das Rausgeld vom Einkaufen verspielten wir an Häuserecken beim Pfennigfuchsen. Die Geschichten, die erzählt wurden, hatten auf irgendeine Art immer eine Arbeitsmoral. Stellten wir uns auf das dickste Abenteuerbuch, reichten unsre Fingerspitzen bis an das Schlüsselbrett. Im Zappendusteren konnten wir schon die knarrenden Treppenstufen auslassen. Das blaue Licht der Mondlandung war unsere Lieblingsfarbe.

An den hellen Sonntagen, vor den Portalen des Ausflugszieles, hoben uns die Väter auf die steinernen Löwen, auf die wir noch nicht allein hinaufreichten. Wenn die Sonne sank, war unser Schatten länger als wir. Immer noch nicht sahen wir über die Tischkanten hinaus, überragten kein Siegerpodest, paßten durch jedes Schlupfloch, wurden überall zurückgestellt. Nach der Schule standen wir dann am Brückenpfeiler, bei den eingekerbten Strichen, und waren schon größer als der Hochwasserstand des fünfzigsten Jahres. Die Meßlatte der Männlichkeit lag so hoch wie ein Stiefelschaft. Schließlich beugten sich Frauen herab und strichen uns durchs Haar. Der Blick in ihre Brustspalten gab einen Wachstumsschub.

An jedem Abend hat man uns zum Milchholen geschickt. Fast nie haben wir uns getraut, deswegen zu murren. An den Ecken standen die Jungen bei ihren Motorrädern und warteten, eine Zigarette in der Hand, aufs Älterwerden. Hinterm Backhaus, wo die Eltern sie nicht sehen konnten, haben sich unsere Schwestern einen schwarzen Lidschatten gemalt. Die dunklen Stimmen aus den Wirtschaften, die von Kriegsgefangenschaften erzählten, ließen uns schneller laufen. Einmal, da haben wir der wehenden Gestalt des Pfarrers nachgesehen, den man wegen der letzten Ölung zu einem Todkranken gerufen hatte. Und einmal, da hat der Nachbar über unser Haar gestrichen und mit seinem Finger für immer unseren Mund verschlossen, bevor er auf die Nacht zugetorkelt ist.

Für Familienbilder stellte man sich auf wie die Figurengruppe einer Kreuzabnahme. Aus dem gurgelnden Abfluß drangen die gedämpften Stimmen von Eingegrabenen. Die biblisch Alten gingen so gebückt, als wollten sie dauernd etwas aufheben von der Erde. Was man verschmerzen konnte, tat noch nicht weh genug. Wo wir vor unserer Geburt gewesen waren, vermochte uns niemand zu sagen. Fragten wir nach Zukünftigem, wurden wir auf früher vertröstet. Wenn alle mit uns fühlten, taten wir uns nicht einmal mehr selber leid. Andächtig wurden bei den Prozessionen hostiengroße Löcher in die Luft gestarrt, durch die im Herbst dann die Zugvögel fielen.

An einem Heiligabend, nach vorangegangenem Familienstreit, lagen die Geschenke wie mit Christbaumkugeln gesteinigt unterm Weihnachtsbaum. Selig freuten sich die Tanten über jedes verzwungene Dankessprüchlein. Die Mundfäule eines geschenkten Gaules roch nach kaltem Weihrauch. Auf dem Weg zur Kirche bekamen wir jedesmal Druckstellen von den Sonntagsschuhen. Vom Geradestehenmüssen hatten wir einen leichten Schnitzbuckel. Süßigkeiten zur Belohnung kriegten wir in den Mund gesteckt wie einen Knebel. Einmal, in einer Silvesternacht, nach dem Auslöffeln von Bowlefrüchten, schauten wir geschlossenen Auges von einer Sternwarte herunter und wußten nicht mehr unsern Namen, den wirre Stimmen von weit fern riefen.

Unsere Abkürzungen verlängerten die Heimwege bis zum Dunkelwerden. Wer versuchte, mit uns Schritt zu halten, verlor jedes Schneckenrennen. Um Ruhe zu haben, taten wir so, als ob wir etwas zu tun hätten. Am ungestörtesten ließ es sich hinter Schulbüchern faulenzen. Fleißarbeiten erledigten wir gähnend. Das Vergessen war die einfachste Lernmethode und unsere Ahnungslosigkeit noch ein Vorsprung. Verweichlicht, wie wir waren, stellte der Hausarzt einen Eisenmangel bei uns fest. Nachmittagelang dösten wir unter Bäumen und sahen dabei, wie die Äpfel, die nicht weit vom Stamm fielen, einen nahen Abhang hinunterkollerten. Als uns die Finger ausgingen, mußten wir den Mund aufmachen, um unser Alter anzugeben.

Nach zwei Hammerschlägen von uns war ein Nagel krummgeschlagen. Um ein Winkelmaß wieder geradezubiegen, brauchte es drei. So schlechte Augen hatten wir, daß wir beim Schmierestehen meistens den Gartenbesitzer warnten. Ein Stöcklein konnten wir nicht unterscheiden von der Blindschleiche, die wir dem Nachbarshund zum Apportieren fortwarfen. Verschwommen nahmen wir wahr, wie die Äpfel vermostet wurden, wegen denen ein alter Mann vom Baum gefallen war und sich das Genick gebrochen hatte. Mit dem Kassengestell auf der Nase fanden wir uns dann selber so häßlich, daß wir von da an niemandem mehr schöntun konnten. Durch das entspiegelte Panzerglas sahen wir so scharf, daß wir uns an allem schnitten. Ich sehe was, was du nicht siehst, riefen wir, und das ist kohlrabenweiß.

Die Krankentage mit ihrer Fürsorge genossen wir wie Hafterleichterungen. Nur die Leibspeise mußten wir stehenlassen, schon bekamen wir eine Schonzeit, erging Gnade vor Unrecht. Im ärztlichen Ratgeber lasen wir uns ein passendes Symptom an. Ein Blinddarmreiz verschaffte drei Tage. Was wir vortäuschten, hielt jeder Ferndiagnose stand. Lieber nahmen wir ein Heilfasten in Kauf als den Gegenbesuch bei den Verwandten. Schon allein vom Gedanken ans Zwischenzeugnis bekamen wir Brechreiz. Für Hustenanfälle schluckten wir eine Prise Schnupftabak. Gegen Gesundbetereien schleckten wir einen Tropfen Tollkirschensaft. Steinchen, mitgebracht vom Wegrand einer Wallfahrt, wurden unters schweißnasse Kopfkissen geschoben. Die Brust rieb man uns ein mit heißem Schmalz, damit sich keine Kröte setzte auf unseren rasselnden Atem. Geisterschiffszwieback bekamen wir und den Saft von ausgepreßten Zankäpfeln. Das Bauchgrimmen wellte man uns weg mit einem Nudelholz. Zum Fiebersenken wurde ein Glutstück auf unsere Stirn gelegt. Den Thermometer hielten wir notfalls an die Wärmeflasche hin. Die weißen Zäpfchen sahen aus wie blutleer abgehackte Zwergenfinger.

Als Großvater bettlägrig wurde, waren wir längst groß genug, um für seine Wärmeflasche das Wasser auf den Herd zu stellen. Von seinen Knien herab waren wir in einen Graben gefallen, wo uns die Raben fraßen. Wir wußten nicht, wer die Wangenknochen so plötzlich hineingezeichnet hatte in sein Gesicht. Mit ihm liebten wir jetzt den Winter, die Schneetreiben, wenn sie als Erinnerung an einen Brautschleier weiß wehten vorm Fenster seiner Kammer. Er lachte, um uns nicht wehzutun, und wollte des nachts bei offner Tür die Pendelschläge hören der Stubenuhr. Dolviran hieß das Schmerzwort auf dem Freßzettel in unsrer Kinderhand, mit dem wir zum Verschreiben liefen. Seine leeren Tablettenröhrchen hielten wir uns als ein Fernrohr vor das Auge.

Vom Angeschrienwerden verschlug es einem die Sprache, und bei Tag ins Bett geschickt, verging das Sehen. Aufmüpfig schauten wir auf den Boden. Widersetzten wir uns, bekamen die Mütter einen Geburtszangenblick, spürten wir den Schraubzwingengriff der Väter im Genick. Immer sollten wir parieren und fanden dafür später im Duden zwei Bedeutungen: unbedingt gehorchen oder einen Hieb abwehren. Daß die Kindheit eine Schuldunfähigkeit war, erfuhren wir noch nicht. Was nicht zum Spaß geschah, das tat man schmerzenshalber. Wir standen am Schwanzende der Familienpolonaise. Beim Gartenumgraben sahen wir durchtrennte Regenwürmer, wie ihre beiden Hälften sich in entgegengesetzte Richtungen davonringeln wollten.

Etwas andersrum gesagt, war ehrlich gelogen. Hopfenleicht jetzt unser Lieblingswort. Ein abgefangener blauer Brief, auf dem Klo geöffnet, unterschrieben vom Vertrauenslehrer. Unsere Kuscheltiere, verhungert in einem selbstgebastelten Zwinger. Im Mondlicht öffneten wir dem ralligen Kater die Stalltür. Konnten wir unseren Mund nicht halten, bekamen wir ein Schielpflaster draufgeklebt. Unser Aufsatzthema verfehlte sich ins Vordatierte. Blütenblätter wurden zu Gegengewichten. Auf festen Standpunkten hatte meistens nur einer Platz. Der Wohnzimmerteppich nahm immer mehr den Farbton eines ausgelaugten Nährbodens an. Unter einer Festbühne, im Gewirr der Stützpfeiler, sahen wir gespreizte Tanzschritte seidig herabschimmern durch die Ritzen.

Durch jeden Zwiespalt fiel ein Lichtschimmer herein. Die Unfertigkeiten zu vervollkommnen, war das Schwierigste. Im Grunde brachten uns nur Mißerfolgserlebnisse weiter. Was wir uns selbst beibrachten, von alleine lernten, mußte uns wieder ausgetrichtert werden. Wir balancierten auf dem Strich für die Elternunterschrift. Bekamen, wie angeschlossen an einen Lügendetektor, ein puterrotes Gesicht. Jedes Geständnis von uns war eine aufgebrochene Sesamtür. Die gleichaltrigen Mädchen hatten uns ein Kichern voraus. Eine war so schön, daß man ihren Anblick nur weghimmeln konnte. Mit zugehaltenen Ohren wurden die Regenbögen zu Farbfanfaren. Kohlenstaub streute uns Großvaters Tod in die Augenwinkel.

Zwei abgebrochene, als Torpfosten in die Erde gesteckte Zweige konnten aus jeder Wiese ein verlassenes Spielfeld machen. Auf ausgedienten Spickzetteln stand, daß die kleinste Wasserlache im Schulhof die Landkartengröße hat des Pazifischen Ozeans. Ein paar Mal schafften wir es, mit einer nachträglichen Voreiligkeit, einen richtigen Zeitpunkt nicht zu verpassen. Meistens, wenn wir uns entscheiden sollten zwischen Wappen oder Zahl, blieb eine Münze hochkant stehen. Unsre Wunschvorstellungen hatten noch keine Tragflächen. Wurden keine Gegenleistungen erwartet, war das schon die erste Erwartung. Das Zuckerbrot belegten wir mit Blutwurst. Die Türen ins Draußen, sperrangelweit verschlossen. Zehn Schritte zurückgehen mußten wir, als im Garten der morschgewordene Ast abgesägt wurde, an dem unsre Kinderschaukel die ganzen Jahre hindurch gehangen hatte.

III

Von der Beschaffenheit des Staunens

Ich sehe die gestochenschöne Handschrift eines Stotterers. Lese die Beschriftungen auf den Aussteuerschachteln der Schwester. Finde eine Dose voll vertrockneter Angelwürmer unter einem Sitz. Streiche mit einer nächtlich gegangenen Diagonale die Hauptstraße durch. Sage, nur um seinem Klang nachzuhorchen: eine Unze Kohlenstaub.

Morgenstund

Vom Weckerrasseln angeschirrt ins Tagesjoch. Kein lauer Schlummertrunk, herüberduftend vom ungedeckten Frühstückstisch. Alle Träume, die ich nicht erinnre, konfisziert vom Schlaf. Dämmerlicht vorm Fenster und ein weites Himmelsgähnen. Als ein Sprungtuch liegt der Bettvorleger da.

Süßholzraspel

Eine herumliegende Zeitschrift. Das Format von einem Spieglein an der Wand. Namenlose Aphroditen im Farbgestöber. Modeikonen, im künstlichen Lichteinfall einer Marienerscheinung. Die Wangen mit Blütenstaub gepudert, das Makellose als einziger Makel. Als hielten sie gerade mit offenen Augen einen Schönheitsschlaf, stehen sie da und schauen in die Kulissengegend. Wo Sprechblasen zerplatzen, duftet es nach Parfümproben. Unterm Vergrößerungsglas sehen die Wimpernhärchen aus wie Spinnenbeine. Welche von ihnen würde ihren Lippenstift verleihen zum Rotunterstreichen dieses Satzes? Welche hätte einen Tropfen Reinigungsmilch übrig für deinen schwarzen Kaffee? Ein Süßholzraspel steckt einem in der Kehle. Nilwasser bräuchte man für eine Augenspülung.

Hingegen

Hingegen das Eigentliche, vor vermoderten Flächen-
losen, abgeschlossenen Bauhütten, neben der Galee-
rensilhouette des Sägewerks, da ein Wind mit den
Bäumen tuschelte, die angetreten waren zum Mor-
genappell, das Abendläuten nur ankam als ein Ge-
bimmel, wir die Dämmerungen inhalierten und die
herumgereichte Zigarette glimmende Kreise ritzte in
die Luft. Oder dazwischen, inmitten dieser Stille, die
ihren Sermon auch noch dazugab dann, wenn ich
nicht einen Strich tat, keinen, irgendein Tagsüber, nur
angezogen dalag auf dem ungemachten Bett, und
mein Blick, hin über eingerissne Starschnittköpfe, in
der Steilwand meines Zimmers hing und mich von
dort fixierte.

Lenau, letztes Bildnis

(1844, Daguerreotypie, Marbacher Magazin)

Schwarz zugewachsener Mund, das wallende Haar
aus dem Stirnfels nach hinten gekämmt, Wochen
vorm strümpfigen Sprung durchs Fenster hinaus auf
die Gasse, »s'ist eitel nichts, wohin mein Aug ich hefte«,
starrt er vorbei an uns, seinen Kräften nach.

Wilhelm Heess: Die Kirchenmaus

(Staatsgalerie Stuttgart)

Die Kirchenmaus auf dem kalten Steinboden der St. Veits-Kapelle, Mühlhausen bei Stuttgart, 1888. Ihre Winzigkeit rückt alles um sie herum in den Hintergrund, bricht die Größe des Innenraumes, zentriert die Kirchenstille. Der Pfarrer, der sich an ihrer Unbedeutendheit mißt, sie anstarrt, als wüßte er, was er weiß, verhockt auf seinem Stuhl, im mildgestimmten Licht, ein paar Herzschläge, die noch immer andauern. Seine Hand, die den Schlüsselbund hält, darf nicht zittern. Sehen möchte er, was dieses irdische Geschöpf sieht in ihm. Die lebensgroßen Skulpturen, die Heiligen auf der Wandmalerei, auf dem Schnitzaltar: sobald die sich bewegen, wird sie weghuschen. Zurück in ihr Loch, hinein ins Dunkel des Bilderdepots, verschwinden zwischen den unbekannten Lebensdaten des Malers.

Glockenmuseum

Die ehemalige Furcht vorm eingeschmolzenen Dasein
als Kanonenkugel, wie sie mitschwang, inmitten eines
Erntetages, am Annalenrand eines Geburtsjahres: im
Untergangsläuten der Betglocken, deren Schallwel-
len doch nur das Dunkeldrohende aufreißen sollten,
diesen Gewittersud, jene himmelsgeschwärzte Stelle
eines Hirtenbriefes, gegengelesen vielleicht vom ha-
geren Mesner, der zog, gegen das eingestellte Zähl-
werk, mit seinem Körpergewicht an den Seilen.

Betrachtung

Eine Scheunenwand, die vollgehängt ist mit Plaka-
ten, einem Flickenteppich aus Veranstaltungen. Einfach, im Lauf der Zeit, die aktuellen auf die alten
draufgekleistert, später hingetuckert. Ein Gemisch
aus Verkaufsmessen, Preisbinokelabenden, Rockkon-
zerten, Sichelhenken, die sich von Woche zu Woche
zudecken. Bis dann ein Sturmwind über Nacht ein
paar Schichten abreißt, und darunter, wie ein Nim-
merleinstag, übermorgen vor zehn Jahren, ein Tanz
in den Mai angekündigt ist, bei dem Zwei, die vielleicht lang schon wieder auseinander sind, sich zum
ersten Mal sehen werden.

Neckarwiesen, Aquarell

für Harald Merkt

Das erste angefärbte Laub, als hätte es eine Intention,
an einem Tagesanfang zwischen Spätsommer und
Frühherbst, an dem vorauslaufende Hunde Nebel-
skulpturen verbellen in der Ferne, unterm Wolkende-
kor ein vereinzelter Baum dasteht als Himmelskrücke,
das Grauweiße der Fischreiher aufgeschreckte Tup-
fen sind im hohen Licht.

Schießscharte

Ein felsiger Abhang, dahinter weit die von Feldern
schraffierte Landschaft im Tal. Ein Kind, stand man
heraufschauend dort unten und hat sich so klein ge-
fühlt wie man schon nicht mehr war. Was seitdem
verging, ist ein Belagerungsring. Keine Harnische,
vom Wehrgang aus erglänzt die Sonne nur auf dem
Blech der Besucherautos im Vorhof. Im Himmelsausschnitt, Reichweite einer Armbrust, eine einzelne
Krähe, einem Feindeswappen entflogen. Als unschein-
barer Punkt erst noch in der Ferne, die Eilboten,
deren Zuspätkommen die Botschaft ist, die sie über-
bringen.

Domizil

Lichtfurchen dringen durch die Fensterläden. Auf der flimmernden Nachrichtenschwemme treiben die Wirklichkeiten als Wrackteile. Manchmal steht darüber eine angekratzte Sonne, manchmal verleuchten matte Sterne. Einen umgebundenen Putzlappen als Lendenschurz, streif ich durch die Zimmerschluchten, angle im Wasserloch der Kloschüssel nach Fischen und robbe lautlos über den abgeflämten Teppich. Das Telefon mit seinem Hörergeweih, eine an die Wand genagelte Jagdtrophäe. Der Wäschekorb, als Käfig gestülpt über Wecker und Küchenuhr. Seit ungeraumer Zeit schon späht aus dem Gangspiegel ein Wildfremder, der mir auflauern will. Gekappte Erinnerungszufuhr. Gelegentlich noch Klingelgewittern und türpochender Donner. Später einmal wird man meine Höhlenzeichnungen entdecken an den Wänden der Besenkammer und Ausgrabungen machen unter dem Parkett. Mein Schlafplatz liegt in Baumhaushöhe auf dem Schrank. Mit jedem Tag vergeß ich vierundzwanzig weitere Wörter.

Herbstblatt

Der Himmel, ein Kübel eingetrockneter Farbe. Im Stundengestrüpp, seelengleichsam, den ganzen Tag beschäftigt mit Löcherstopfen. Wer, wenn nicht sie, putzte denn die Marmorähren? Sie findet die eigenen Schlüsselverstecke nicht mehr. Und dann noch ein Mann, der herumfuhrwerkt in der Weltgeschichte. Das alles soll miteinander verkuddeln, wer will. Sobald die Tür aufgeht, witscht etwas hinaus. Am besten gar nichts sagen. Oder solang reden, bis man auch noch mit sich selber uneins ist. Ein Licht, in dem man selbst mit Brille keinen Beipackzettel lesen kann. Sogar in die Hundehütte regnets hinein. Dort versteckt sich tagsüber der Nachtmahr. Die Leute machen sich das Einfache zu leicht. Die Leute machen sich das Leichte zu einfach. Wer hat den Most verdünnt? Die Stille glotzt nur den Fleck weg, auf dem man gerade noch stand. Sobald es dämmert, sitzt man überall im Fallwinkel der Schatten.

Die Lumpenkapelle

Die geblieben sind, waren nicht unglücklich genug: vielleicht wurde mit solch einer Auswandererbriefzeile begonnen, dies Schachtelarchiv angelegt. In dem sich dann immer wieder einer findet, dastehend am Rand in seinem schwarzen Anzug, dem man ansieht, daß der ausgeliehen ist, in dem er steckt bis zum Hals. Graustichige Inkubationszeit von drei Generationen. Lauter Altersgenossen aus dem vorigen Jahrhundert. Ungelochte Himmelfahrt retour. So, als ließe sich kein Leben hineinzwängen zwischen zwei eingemeißelte Jahreszahlen. Als sei das Ende womöglich nur ein Spiegel, in dem sich der Anfang betrachtet. Und als mache man sich vielleicht, mit solchen Sätzen, nur zum Gespött der Toten, die einen lachend ansehen, ein schallender Halbkreis, Fasching 1931, als sie der verbeulten Blechtrompete ihrer Lumpenkapelle einen Jerichoklang entlocken.

Reiserückruf

Daheimgebliebenheit, die in weitem Bogen, unter einem blaubeschallten Himmel, in gegangenen Flugstunden, das Dorf umrunden wird, mit einem Fernweh nach mir selbst, der ich jetzt hier sitze und diesen alten Mann ansehe, der auf keine Durchsagen achtet, die Halle rastlos auf und abgeht, und dabei etwas wie einen Koffer, aus dem ein Hemdzipfel schaut, herzieht hinter sich.

Kontrollanruf

Seinen Anruf vermisse ich, sonntagmorgens, Herrgottsfrühe, seine Stimme, von fern, wie durch Hohlräume, daß er sie morgen absetzen werde, die Medikamente, genug habe vom wochenlangen Herumdallen auf einer pelzigen Zunge, und daß seit gestern ein Hyperionzitat hänge: »Wer auf sein Elend tritt, steht höher«, an der Innenwand seines Oberstübchens nur, damit niemand es heimlich entfernen könne, von dort, wo noch müde eine Funzel brenne, dies Schummerlicht, das schon die Grotte ausgeleuchtet habe, die's unter Bettdecken einst gab, aus denen er mich rausgeklingelt hat mit seinem Weckdienst, seinem Kontrollanruf, ob ich noch lebe, und ob auch bei mir November sei, die Wolken regungslos Gipsmasken trügen, und auf allen Wegen nur verharrende Pärchen, die ihre Umarmungen umklammert hielten.

Besuchsdienst

Komm, ich kämm dir deine wirren Haare, dreh dir Lockenwickler ein und schneide deine Zehennägel. Und du erzählst mir noch einmal dafür, daß Schnekkenschleim auf einem Zuckerstück gegens Hustengebell hilft, daß du einen Mann gekannt hast, der einmal nachts einen Kupfernagel schlug in einen uralten Baum, und wie schön die Schneehäubchen gestern geglänzt haben auf den Feldkreuzen. Oder wie es aussah im Inneren einer Kinderfürbitte, als dieser Häschenwurf atemleicht dalag, in einer Heukiste neben dem Küchenofen, aneinandergedrängt, ein Knäuel im Halbdunkel, damit so der Tod, oder ein anderer Bestimmer, sich in seinem Exempel vielleicht verzählen würde um das eine, das durchkam. Oder nach dem Bombenangriff damals, das brennende Haus, da eine Frau noch versuchte kindshohe Flammen zu löschen, mit nichts als mit Gülle, eimerweise geschöpft aus der Grube, dieser lodernde Höllengeruch, glühender Gestank, das gasige Zischen der Glutnester, der faulige Rauch, den du noch immer, auf ewig, hier in der Nase hast.

Hörsturz

Ein Ticken, generationenlang in der vermachten Standuhr eingesperrt. Ich höre einer Danksagung zu oder einer Verzichtserklärung. Ein Stummfilm, in dem die Väter nachplappern, was ihre Kinder sagen. Auf dem Felsvorsprung der Küchenmitte lauscht eine Stille ihrem eignen Monolog. Das Umhergehen erzeugt Schritte im Hallen einer Unterführung. Blindenschrift der Töne. Ferne Heilesegenstimmen. Nagewörter.

Geleit

Schwankende Häuser, ein Gehen, über die Scherben eines Flaschenlagers, einer Brautentführung, wie auf ausgewechselte Türschlösser zu. Kalt die Münzen, die hinunterfielen, während du dich festhieltst am Hörer und deine Zunge sich verlupfte an einem Mädchennamen. Bis es nurmehr rauschte dann, ein Ozeantropfen in der Leitung, Mondstaub aus der Sprechmuschel wehte. Und im schleppenden Weggehen, entfernten Zurückschauens, die Telefonzelle dastand, unverrückbar: ein Lichtschacht in der Dunkelheit.

Vorführung

Allein das, daß es sie noch gibt, daß sie alterslos wackeln, von Kindheit zu Kindheit, auf dem Bühnengrund der ersten Geschichten, ihren Fäden davon: Gretel, die noch immer einen Bräutigam will, Kasper schaut nur in die Luft, sein Seppel, wie gehabt, pflichtet ihm zu allem bei, Großmutter hört wieder ganz deutlich Stimmen in Kommoden und aus den Bäumen Spottdrosselngesang, Hotzenplotz macht Spuren beim Verwischen seiner Spuren, und der Herr Wachtmeister, frohgemut geht er den ausgeschilderten Irrwegen nach.

Erzählfadenlänge

So ein Halmbüschel halt, das gesteckt haben soll,
eine Ahnenreihe lang, zwischen Kruzifix und Stuben-
wand, vom Strohrest eines Häuserdaches, das verfut-
tert wurde, ganz zuletzt, ans Vieh, in einer Hungers-
not, weit vor dem Geburtsjahr dessen, der es dem
erzählt hat, der es mir erzählte, als ich so alt war wie
du jetzt.

Sofortbild

Eine Zigarette als glimmendes Positionslicht. Ringe
hat uns die vergangene Nacht um die Augen gemalt.
Deine Armbanduhr, noch ohne Zifferblatt und ohne
Zeiger. Ein Schluck Finsternis ist es, den du lachend
trinkst aus einem Colaglas. Mein Kopf so seltsam
von dir weggeneigt, als hätten Marionettenschnüre
sich verheddert über mir. Anwachsend, aus dem Hin-
tergrundschatten, der Umriß einer Wand. Gegangen
müssen wir sein. Bevor dies alles nachdunkelt.

Zeilen

Kein Anbeginn, kein mißglückter Liebesbrief, bloß die Erstfassung eines Verlustgefühls, wie wir dasitzen, Damalsmitschrift, auf der treibenden Parkbank, um uns entziffert Frühling den Schnee, und zwischen unser beider Atem nur Millimeter noch, die paar nur, die wir zu versetzen bräuchten auf dieser Zeitachse im verrutschten Schulheft auf den Knien: und all das fänd sich hier, undurchdringlich, von Farnwald überwachsen.

Passus

Wie die Orte verwinzigen, je weiter man sich ent-
fernt, von sich oder von ihnen: ein Fleck, ein Punkt,
eine Einstichstelle. Wenn Tabakkrümel und Hunde-
haare in einer Kutterschaufel, Wassertropfen, die auf
einer Herdplatte verzischen, dann schon zu einer Vor-
ahnung gehören, die man erst hinterher hat. Nachdem man mit einem leeren Pappschild in der Hand
an Auffahrten gestanden ist, ein Glücksgefühl hatte,
das sich nicht abwimmeln ließ, und über einen Floh-
markt schlendernd, die Kisten übersah, voll mit eingeschweißten Reiseführern für Länder, die es schon
nicht mehr gab. Hinterher, wenn man das dämmernde
Diagramm der Häuserdächer, Türme und Giebel dann
zu deuten versucht. Und die Erinnerung, die man
anschnorren muß um ein Bild, einem nur vorhält,
wieviel Jahre es braucht, allein für die Rekonstruk-
tion einer Sekunde.

Elferrat, Sitzungsprotokoll

Laßt uns doch einfach so tun, als würden wir einfach so tun, schlägt der Erste vor. Die Kehrseite der Kehrseite ist noch lang nicht das Vordere, entgegnet der Zweite. Es tut mir leid, daß es mir nicht leid tut, fängt der Dritte an. Bei uns kennt jeder jeden so gut, daß niemand von keinem und alle nur sich, murmelt der Vierte vor sich hin. Hast du vorher begrenzt gesagt oder bekränzt, fragt der Fünfte in die Runde. Vereinsaustritte sind ein vereinsschädigendes Verhalten, das mit Vereinsausschluß bestraft werden muß, zitiert der Sechste aus den Statuten. Dem Volk aufs Maul geschaut, sieht man doch nur Dentales, behauptet abwinkend der Siebente. Ihr verwechselt ein Mysterium mit einem Ministerium, zwischenruft der Achte. Das Blindmachende an der Liebe ist eine fleischliche Umnachtung, seufzt von weither der Neunte. Gäbs den Schutzheiligen der Ungläubigen, ich ließ mich sofort bekehren, wirft der Zehnte ein. Am besten also, wir lassen wie immer alles so wie wir es lassen, meint ratlos abschließend der Elfte.

Wort zum Sonntag

Laßt die Kinder zu mir kommen: Bibelstelle oder Weltspartagsmotto, beginnt eine Stippvisite im nächtlichen Winkel. Eine Stimme, die ausholt, in einem Atemzug, von den Seligpreisungen bis hin zu den Gesetzen des Marktes, wo kein Kursanstieg je heranreicht an die wundersame Brotvermehrung. Im Herabverlesenen an uns, die wir zum Wohlstand konvertiert sind, ragt die Spitze eines glaubensversetzten Berges. Eine Aussicht auf das Tagtägliche im Maßstab: eins zu letztendlich. Ein Psalmvers, so ausgesucht, daß eine Sollbruchstelle sich damit markieren ließe in einer jeden Lebensplanung. Sanftmut wie eine Grundvoraussetzung, um ein Nichts in seine Bestandteile zu zerlegen.

Wertberichtigung

Es gab einmal das, was man wollte, und das, was man bekam. Und alles Nichtweggeworfene, Sog dieser Werkstattkiste, in der das Winziggroße aufgehoben war. Hinabgesunkenes Messing, Grünspanleuchten, Rostornamente und Perlmuttmacken. Ein Genrelautbild, die öligen Finger beim Kruschteln. Bis sich im Schräubchengeraschel dann, zwischen all den Schrottpartikeln, wunderwas das genau endlich fand, was einzig die Lottrigkeit der Tage, den Epochenverschnitt, das Gewolltbekommene zusammenhielt: ein verbogenes Scharnier, das zufallspassende Zahnrädchen, die dünnergeklopfte Unterlagsscheibe, der richtige Dichtungsring.

Ausgeräumtes Zimmer

Diese Leere paßt in keinen Umzugskarton, Staub
vom Einzug liegt noch in den Ecken. Unterm Fenster sitzt, wo das Sofa stand, die Katze verstört auf
dem Teppichboden. Ohne Vorhänge ist es kein Hinaussehen mehr, die kahle Glühbirne nur noch lichtlose Helle. Mit den Schattenflecken der abgehängten
Bilder schauen die Wände das Zurückgelassene an.

Späte Stunde

Vor dich hinsinnierend, über den Augenblick vielleicht, weil der sich nirgends hineinzwängen läßt. Ein
Schweben altersmelancholisch intus. Du, in diesem
weitgewordenen Schlafanzug, den deine Enkel Jahre
später anziehen: als Ausgehuniform, zur Fasnet. Wie
du dasitzt und mitansiehst, wie auf dem kalten Kü-
chenboden, vor dem verleerten Schucker Milch, die
Katze ausgehungert ihren Schatten aufleckt. Während
durchs gekippte Fenster das Metronomgeräusch dringt
der Kastanien, die auf das Vordach fallen. Der Gangspiegel, die halbdunkle Tür darin, als ein Durchlaß
erscheint.

Perspektivisch

Hinterm Absperrband, an dem der Wind zupft. Wie gezogene Linien verlaufen die Wege darauf zu. Auf diese riesigen Kabelrollen, die in ihrem sperrigen Rumstehen sich selbst zum Mittelpunkt machen. Den Feldern dahinter die Weite nehmen. Und den Erdaushub verrücken zur Dimension von einem Maulwurfshügel, in dessen Schatten der Vorarbeiter schrumpft auf eigentliche Größe, wenn er das Gewusel der Kinder fluchend verjagt vom Gelände.

Mitbringsel

Das ist nur so einer meiner aufgelesenen Steine. Mitgebracht irgendwann, als Brocken einer Fremde, von der niemand ahnt. Der in seiner Erscheinungsform am Regalrand liegt, an der Schreibtischkante, hier auf dem Nachttisch, und nichts beschwert. Ihm zuhören reicht nicht. Hineinlosen müßte man. Ins Konzentrische. Vom Anfanglosen aus, das Endliche abpassen. Die Stille im Raum, die ausgeht von ihm, abtragen wie eine Schicht.

IV

Vedute

Am Wegrand, Anhaltspunkt zwischen Sommerresidenz und Winterquartier, in seiner Kargheit dieser krumme Zwetschgenbaum, blattloser Solitär, daran du vorbeigehst, als gingest du, gingest auf der Hochebene deines Empfindens, damit er im Zurückschauen dann für sich dasteht, im Landschaftsausschnitt, bloßen Augs noch gut erkennbar, mit seinen dürren Strichen, unterm graugepflügten Himmel, Alleinsein präzisierend, ein kahles Signum im durchsichtigen Wind.

Dormitorium

(Kloster Bebenhausen)

Mit einem Kältehauch zugedeckt, liegt auf der Stroh-
matratze von Zeittafeln Abgewandtes, nachlauschend
dem, was sich unhörbar kaum vernehmen läßt: brö-
ckelnde Hustengeräusche aus den Schlafzellen nebenan, das aufgeschreckte Nagewesen im Inneren der
Jahre, die winzigen Stimmunebenheiten im Gebets-
monotonen, Klopfzeichen, traumentfernte, aus der
eigenen Schädeltiefe, und die zu weite Mönchskutte,
ihr Nachschleifen auf dem Steinboden des Ganges.

Kinderzeichnung

Das Haus mit der Reling des Balkongeländers. Kopf-
füßler, die verstehen wollen, was den Blumen anvertraut ist. Unanklickbar scheint die Sonne. Ein Auf-
bruch, ohne sich vom Fleck zu rühren, den größten
Angsthas zum Begleitschutz. Schwärzer noch als Ma-
schinenblut wär allein die Finsternis. Schau hinauf,
damit ich mich entlangtasten kann an deinem Blick.
Ein Katzenhuschen verwischt die erste Schwachstelle
des Beginnenden.

Ansprache

Um ein paar Tage über die Zeit, um einen Methusalemseufzer zu früh. In einer Kammer geboren, die zu einer Straße hin lag, zu eng damals und zu verwinkelt für jeden Sattelzug, Milchwagen, Langholztransport. Und nun also, verlebt aussehend oder zusammengeschafft, lieber sich verneigend als einen Bückling machend, werden mit uns die Dinge ausrangiert. Und Ausrangiertes irgendwann erhoben dann zum Exponat. Merkst du endlich, flüstert Freund Tinnitus mir dazu ins Ohr, wie es rumort im Inneren der Stille. Einstmals, da Folgen und Gehorchen noch dasselbe war, bin ich davongefußelt als Kind durch eine in ihrem Offenstehen erschrockene Haustür. Wie um immer genau dort anzugelangen, wo ich mich gerade befand. In meinem falschgeschriebenen Neckar schwamm kein Delphin. Wirklich Tröstendes braucht es ja nicht. Allenfalls was tröstend Wirkliches.

Reisefiebrig

Hausboot oder Berghütte. Allabendlich den Reise-
wecker stellen, um zumindest im Tiefschlaf fortan
woanders zu sein. Herumgondeln, dem Richtungs-
pfeil eines umgesägten Maibaumes nach. Mit einem
defekten Navigator, dem man den Zielort Damals
eingeben kann. Damals, als die Ferien so groß erschienen, nur weil in einem verlassenen Schulhaus
über Wochen die Leere eingeschlossen war. Wie weit
bin ich gekommen seitdem. Wo doch schon nach
drei Schritten zum Fahrplan hin der alleingelassene
Koffer sich ängstlich umschaute nach mir. Gunster-
weise einer Landschaft, die als Urlaubsgrüße an Büro-
wänden verbleichen. Orte, markiert mit Stecknadeln,
die keinen Heuhaufen fanden. Gästebucheinträge:
wenigstens mein Hiergewesensein bleibt da.

Kartenschrieb

Küstennebel, Dahmeshöved. Die Häuser ducken sich unter den Windstärken hinweg. Ich weiß nunmehr, daß durch ein kleinerwerdendes Boot das Meer noch größer wird. Daß von vier Schnapsgläsern eines mit Wasser gefüllt ist. Daß auch ein Himmel seine Untiefen hat. Und ein jeglicher Leuchtturm seine eigene Lichtkennung.

Siebenschläfer

Der nagende Nachtgeist in der Zwischendecke über dem Schlafzimmer. Ergeben hat er sich nun und kauert, in Gestalt eines Eichhörnchens mit Mausohren, auf dem Rücksitz des Autos in seiner Lebendfalle, einem vom Nachbarn ausgeliehenen, selbstgefertigten Unikum, dessen Draht nicht zu durchbeißen war. In den Kurven rollt der Lockapfel an seiner Starrheit, seinen gelähmten Knopfäuglein vorbei. Wie groß muß der Umkreis sein, wie weit muß man hinausfahren, bis er nicht mehr zurückfindet zum Haus. Sein geschwindes Zögern dann, als die Klappe hochgezogen wird, da wo die ersten Feldscheunen stehen. Los rast er, ohne seinen buschigen Schwanz zu vergessen. Selbst die Landschaft sieht ihm nach, runzelt ihre Ackerstirn.

Im Zeichenblock

Der Kniestrümpfe hochgezogene Rauten. Vier Striche nur und du bist eingezwängt. Zuordnungen, die du zu kennen glaubst vom Hemdmuster eines Familienfeldwebels her, der vornedraus stapfend den Wald im Wald abschreitet, daß nadelgrün die Bäume strammstehn, sein Rücken sich zu einer Buckelfläche auflöst, unterhalb der Nackenlinie die Ränder des Schweißflecks zerfließen. Über den Ausfallschritten: das Lichtgewebe zwischen den Kronen, unverheiratetes Blau, ein zaghaftes Wehen.

Blickweite

Sind das zwei Joggende dort. Oder einfach einer, wie er einem anderen nachrennt, der vor sich selber wegzulaufen scheint. Die Ferne jedenfalls, in der sie verschwinden, orientiert sich am Grabhügelhaften einer buckligen Anhöhe. Auf ihr verweilen in ihrer Unschlüssigkeit ein paar Tannen. Die höchste unter ihnen: als träume sie davon, Schiffsmast zu sein. Fortwärts, auch das also wäre eine Himmelsrichtung.

Nichts, nur

Nichts, nur der Vollmond, der sich spiegelt im ruhigen Wasser, ein an den See entrichteter Obolus der Nacht. Nichts, nur ein paar Raben, Funktionäre der Farbe Schwarz, hocken im Geäst, zerkrächzen die Sicht. Nichts, nur die Runde am Nebentisch, Schaumkronen setzen sie sich auf, erlassen ihre Edikte, danken ab. Nichts, nur: diese Tonfolge, dieser Auftakt.

Erzählkreis

Eine Kätzin würde nicht so lang mir ihr rummachen, brummelt eine Stimme von der Spüle her. Weißlich-grau schimmert das pochende Bauchfell der Maus, die Pupillen der Katzenaugen weiten sich wieder. Mit einem Satz, ein ungleiches Fangerlesspiel, holt die Katze den trippelnden Vorsprung der Maus wieder ein, hält sie mit eingezogenen Krallen fest, läßt sie erneut los und wartet auf den nächsten Fluchtver-such. Das Kind, das wir waren, viel zu lange über sei-nen Hausaufgaben, beobachtet alles, hört das kurzat-mige Fiepen, und schiebt von allen unbemerkt sein Rechenbuch langsam auf die Tischkante zu. Wie das Buch knallend auf den Boden fällt, daß das Stunden-gerüst des Tages wackelt, zuckt die Katze zusammen. Dieses Zucken reicht der Maus zum Entkommen in das Bodenloch unterm rettenden Küchenschrank. Der Küchenschrank, der Jahrzehnte darauf, als Über-bleibsel dann, abgelaugt und restauriert, sperrig da im Eck steht und dich mit seinem Dastehen zum Kustos deiner Herkunft macht.

Schulbus

Wenn es vom dämpfigen Überfülltsein nicht gleich
die Scheiben beschlug, konnten die Stummen hin-
ausblicken auf Rapsfelder und Morgenrot. Lernstoff
wurde hinter einem wiederholt, Vokabeln, daß Katzen
Schleichjäger, Hunde Hetzjäger sind. Während-
dessen andere, den Ranzen als Unterlage, nichtge-
machte Hausaufgaben abschrieben, der kurvige Stra-
ßenverlauf, Bodenwellen und Schlaglöcher die Zeilen
dabei ausformten zur ganz eigenen Schrift. Auf der
Rückseite des Sitzes vor dir aber, eine Zeichenland-
schaft, waren Hochseilstriche, Baumlettern, Namens-
herzen eingeritzt, steckte der Zeit ein Zahlenstrahl
als Pfeil in der Brust, hatte irgendwer eine Zigarette
ausgedrückt und ein Oberstufler es mit einem Gesicht eingekreist, daß das Brandloch erschien wie der
offne Mund bei Munchs Schrei.

Kaffeekränzchen

Das Wespennest im Rolladenkasten. Die Biographien der Dinge. Der Körper als Schmerzgehäuse. Sturmglocken, die vergangenen Samstag zu einer Hochzeit läuteten. Das mildere Dennoch. Das härtere Trotzdem. Eine führt aus ihrem Kräutergarten an, daß der Baldrian eine soziale Pflanze sei, die sich mit allen vertrage. Was ist das für ein jahrelanger Ozean gewesen, auf dem sie mit ihrem Bügelbrett trieben. Das Unauffindbare, es versteckt sich in einer Lostrommel, auf dem Grund eines Wühltisches, im hintersten Regal dieses Fundbüros.

Sommerschnitt

Ein Mittelscheitel bis zur Nasenwurzel, Segelohren freigelegt, Wirbel ausgeschnitten. Irgendein Festtag, weswegen man zuvor beim Friseur gewesen war. Dessen schwarze Kämme, wie sie ihm aus der Kitteltasche lugten, wie sie herausspähten. Der er, Jugendflausen, Altersmucken, schüttere Haarkränze umrundend, drei Gesprächsfäden gleichzeitig zu verbinden vermochte miteinander, indes unter den Trockenhauben die Frauen auszuhalten hatten bis zur Sturmfestigkeit. Damals, kurz vor einer Gymnasialempfehlung immer noch auf den Kinderstuhl gesetzt, mußte sich einmal neben uns, ein Kopf wie glattgehobelt sodann, ein Einberufener seine langen Engelslocken absäbeln, den Nacken ausrasieren lassen. Stufenförmig, auf halber Streichholzlänge, das sollten wir sagen, und bekamen daraufhin diese Stapfeln ins Haar gestutzt. Altersmucken. Engelslocken. Aus wieviel Distanzen besteht eine Entfernung, aus wieviel Konvoluten ein Wort.

Bogenschütze

Ich sehe dich im Garten, wo die aufgehängten Stoff-
windeln wie ein Banner wehen, drei Bäume einen
dichten Forrest darstellen und ein gestapelter Rei-
fenturm ragt, auf dem die Wächter schlafen. Glaub
mir, präziser wirst du keine Reichweite jemals ab-
schätzen können als mit diesem Bogen in der Hand:
ein Haselnußstecken, die Sehne aus Paketschnur
gespannt. Und ruhiger wird eine Bestimmtheit nie
werden als jetzt, da du aus dem Köcher einer alten
Plakatrolle einen Schilfpfeil hervorziehst, der eine
Holunderspitze hat und mittig einen leichten Knick.
Und genauer wird kein Ziel je anvisierbar sein, und
sei es nur das unmerkliche Pendeln des Wäscheklam-
merbeutels, der Bannkreis des Katzenlochs in einem
Scheunentor, die Luftmasche um ein einzelnes Ahorn-
blatt.

Münzsammlung

Münzen, die man in einen Brunnen warf, in eine Opferkasse. Jene im Wurf verhungerten, nachmittagelang gegen eine Hauswand hin beim Pfennigfuchsen verspielt. Und die aus Betrunkenengeldbeuteln gefallenen, nach denen man im Festgetretenen suchte, um das Gerippe des Festzeltes herum, und die uns so für immer zeigen, wie wir gleich nach Schulschluß, von weitem gesehen: wunderliche Ährenleser, gebückt die zertrampelte Fläche abgehen. Und diese hier, die von einer wichtigen Platzwahl herstammen müßte, die einmal hochgeschmissen wurde, um mit dem böigen Wind zu spielen oder gegen die tiefstehende Sonne.

Rennstrecke

Hinterm Klärwerk, zwischen Krautländern, Feldern, der asphaltierte Weg, der nach der Winterstrenge Risse aufweist, nachts zum Promillesträßchen wird. Jeder sein eigener Herausforderer. Es geht um nichts, nur ums Gewinnen: mit dem Rennrad, noch vom Kommunionsgeld gekauft, gegen ein frisiertes Mofa antreten. Ohne Zuschauer. Bis zur Gemarkungsgrenze. Ziellinie ist der Schattenstrich, den das Feldkreuz wirft. Das sich abhebt im Abendlob, auf der Flur unterm sinkenden Horizont, zu einer Statik gehörend.

Oberflächenfund

Korn, das auf Mauern wächst, reife schneller und zeichne so den Gebäudegrundriß ins Feld. Erklärt der Hilfsausgräber, ein Luftbild in der Hand. Berechnet grob, über die Höhenzüge hinweg, mit der Tagesmarschleistung römischer Legionäre, die Entfernung zum nächsten Kastell, das nachgewiesen sei durch den Legionsstempel auf einem Ziegel. Das Mauerfundament, das er gerade freilegt, könnte ein einfaches Wirtschaftsgebäude sein oder der Eckturm einer Villa Rustica. In der Schachtel zu seinen Füßen: Halsränder, Amphorenhenkel, eine Lanzenspitze, kammstrichverzierte Keramik. Das maßlos Winzige ist eine Vergleichsgröße. Jede Scherbe als Scherbe vollkommen.

Stadtführung, Karzerstimme

Geröllhusten und ein gelblicher Zungenbelag. Das Stroh in den Ecken seit drei Tagen nicht ausgewechselt. Bei Brot und Wasser. Und von den Kommilitonen vergessen, die unter schattigen Korkeichen rasten werden oder neben einer Trockenmauer im Weinberg, wo Lerchen ihr Tedeum singen. Draußen geht ein Scherenschleifer durch die Münzgasse, derweil einer aus der Jurisprudenz die Geschichte erzählt von einem Totengräber, der sich an Frauenleichen verging. Das Fegefeuer auf der Deckenzeichnung, wenn es wenigstens wärmen würde. Alles Bedeutungssture braucht einen Sockel für seinen Habitus, darauf haben sich der Mystiker und der Sektierer in meinem Innern geeinigt. Sobald es dann nichts mehr zu sagen gibt, traut eine Maus sich hervor und nagt den einzigen Sonnenstrahl ab, der hereinfällt durch das vergitterte Fenster.

Antiquität

Durchgang, Durchreiche: in das Zimmer des Zimmers. Ein Ankleidespiegel, achtzehntes Jahrhundert.
Auf und ab das Gehen vor ihm, ein flügellahmes
Schreiten. Daß der Raum sich weitet, das Parkett zur
knarrenden Ebene wird. Ohne Zofe, endlich allein,
den Augenaufschlag einüben, die Marmorpose, den
Filigrangestus. Die Tiefe des Ausschnitts führt zum
Geheimfach in der Brust. Das aufgetragene Rouge,
ein blutleeres Rot. Und hinter des Lächelns dünnster
Stelle scheuert sich Erwartung an einer Angst. Still,
bei zugezogenen Vorhängen, auf einer Seufzerbrücke,
neben umgestürzten Siegessäulen, da gleich an die Tür
geklopft wird.

Randnotiz in Sütterlin

Die Nutzfläche des Gedankens, die Trutzburg des
Gefühls. Willst du eine einfache Aufgabe oder lieber
eine leichtere. Auch aller Anbeginn hat einen Anfang.
Stell einen Notenständer ins Freie, schon sammeln
sich darauf Schwalben. Sag statt Boden Erdreich,
schon stehst du woanders.

Wasserfall

Um den Stammtisch wachsen die Stuhlbeine in den Boden. Das Warten macht aus allem ein Zeitfüllsel. Geben, hören, sagen: die Kartenrunde fehlt heut. Mein einziger Gast, im heruntergedimmten Schankraum, ist eine unbekannte Frau. Etwas überdimensional hat sie einen Krug vor sich stehen und schenkt daraus in ihr Weinglas ein. Als entspränge dem Krug ein Wasserfall, schenkt sie ein, ohne abzusetzen, ohne daß das Glas voll wird dabei, ohne daß es überlaufen würde. Hierauf erst bemerke ich den verstorbenen Freund an einem abseitigen Nebentisch. Wie lang schon schaut er durch diese gläserne Szene hindurch mich an. Lächelt, geht lächelnd hinaus, ist hinausgegangen, war eben noch da.

Zeichen

Der Fettfingerabdruck auf dem Halbjahreszeugnis.
Die Stelle, die der platte Igel mit sich auf der Fahr-
bahn markiert. Jene unscheinbare Kontrollstrichkerbe
auf der Eierlikörflasche deiner Tante. Der Punkt in
der Tischmitte, wo der Autoschlüssel daliegt wie ein
Wetteinsatz. Zwischen aufgeschlagnen Seiten, An-
fangsbuchstabe eines fremden Alphabets, das Mal von
einem zerdrückten Insekt. Eine verwischte, mit Kuli
auf den Handrücken geschriebene Ankunftszeit. Die
Nachtkalligraphie der verkohlten Stützpfeiler einer
Brandruine.

Ein dunkler Kanister

Erschöpfung, fokussiert auf den schwarzen Haut-
fleck vor Augen, auf das Schmerztaube neben dem ein-
gewachsenen Nagel, wo die alte Frau sich über Nacht
an der Bettflasche den fühllosen Zeh verbrannt hat.
Schaufensterkrankheit, welch sonderbarer Name für
ein Leiden. Von Auslage zu Auslage die Tasche ab-
stellen, sich den Heimweg einteilen. Das Pochen in
den verengten Venen zählt die Schritte mit. Ein paar
wenige schließlich sind es bis zum Brückenbogen,
unter dem der Fluß hindurchmuß. Und erkennbar
das Mädchen, die Schulschwänzerin, die eben vorher
in der Apotheke so überleis nach einem Schwanger-
schaftstest fragte, hinunterstarrt: auf das Wasser, auf
dem, an den Enten vorbei, dem Stauwehr entgegen,
abgebrochene Äste treiben, ein verlorener Ball, der
Schatten eines Weidenkorbs, ein dunkler Kanister.

Des Museumsdieners Detailansicht

Die roten Backen, die verschmierten Mäuler. Als entstünde solch ein Idyll aus seinem Sehnen nach sich selbst heraus, nähme vorweggenommen, vorüber, gegen den Absolutismus des Zukünftigen, sein Fehlen als Vorlage. Vielleicht wird darum von den Geschwistern, die 1852, just auf der flüchtigen Skizze daneben, um den Nikolaus mild zu stimmen, Zeilen vorlesen aus einer Buchstabenprozession, eines später einmal mutterseelenalleinig zurückdenken müssen an jene mit Blaubeeren oder Holundermus gefüllte Schüssel. Bis dahin aber bleiben auf diesem Genrebild all ihre Spielsachen als Insignien verstreut auf dem Stubenboden liegen, trägt ihnen das Hündchen eine verzuttelte Puppe hinterher, hat der Zinnsoldat einer entlaufenen Ziege wegen seinen Posten verlassen, bilden die leeren Schneckenhäuser, die niemand zertrat, und die aufgesammelten Aststücke und Stöckchen, aus denen sich ein Verhau bauen ließe, eine lose Verteidigungslinie, die sich dahinzieht am unteren Rand.

Wirtshausszene, 1865

Die Arbeit ist getan. Die Arbeit kann warten. Deshalb laßt den Schläfer am Stammtischrand in Ruhe, zupft ihn nicht am Ärmel. Auch wenn da zwei schräge Wandervögel eintreten in die Wirtsstube, in diesen Dämmerschoppen, ohne anzuklopfen, und um Unterkunft ersuchen oder zu einer Thusnelda sich erkundigen. Ihrem Aussehen nach haben sie sich in der Historie verlaufen. Sollten es Tagediebe sein, werden sie morgen ein Kalenderblatt vorzeigen und ihren Jahrhundertanteil verlangen.

Flößerbursche

Die wackligen Stuhlbeine halten ihn aus. Die Tischkante verschwimmt schon. Lebenslinien, am feinsten
nachgefahren mit Bleistiftstrichen. Von den Gulden,
die er fürs Modellsitzen erhält, kann er vielleicht den
Rest seiner Saufschulden begleichen. Beichte oder
Bericht, damit er nichts sagen muß, nimmt er die
ganze Zeit die Pfeife nicht aus dem Mund und schaut
woandershin. Nimmt die Mütze nicht ab, weil er eh
gleich geht. Wie alles davontreibt, Stämme auf dem
Wasser. Wie eine Wand, lang genug angestarrt, durch-
sichtig wird.

Photorealistisch

Man hat den Wetterfrosch in seinem Einmachglas verhungern lassen. Seitdem verharrt hinterm Haus die Tischtennisplatte im nieselnden Dauerregen. Der Griff des liegengelassenen Schlägers ragt über die Kante hinaus ins Ungefähre. Die Netzlinie deutet einen durchhängenden Längengrad an. Der verschlagene Schmetterball, ein weißer Ruhepunkt, schimmert drüben im Gras. Daß niemand ihn aufhebt, niemand mehr sucht nach ihm, verformt ihn zum Sujet einer Verlassenheit.

Urlaubsphotos

Pinienstelen, hügeliger Namenszug, der Eichstrich des Horizonts, angekläffte Steine, und der herrenlose Hund, der dir nachlief: das, was er von dir wußte, in Teile zerschnipfeln, die Teile in Teilchen, die ein Windstoß ordnen soll, bis dann die Nachsaison übergeht in die Vorsaison, ein flüchtiges Lächeln sich einpassen möchte in ein Medaillon, eine verwackelte Turmuhr immer dieselbe Stunde anzeigt, und von einem gähnenden Aushilfskellner, der sich nachher zu seinen Ungunsten verrechnen wird, in ihre Gegenständlichkeit hineingestellt, solch eine angeschlagene Espressotasse vor dir steht, Detail eines Details, ihr schwarzer Punkt, die Morgenmitte.

Automatenpaßphoto

Gar nichts erwidern. Der Lippenstrich, parallel zur Horizontale der Stirnfalte. Meine Gedanken, sie schweifen durch den Traum eines schlafenden Wachhundes. Vielleicht sieht man mir an, daß ich vorher am Bahnsteig ein Kind ansah, das rosanes Eis geschlotzt hat. Garnichts ist nur das Zigfache von nichts. Als ich noch dichte Haare hatte, hab ich den Hennen für meinen Kopfschmuck eine Adlerfeder ausgerupft. Mich verjüngt kein Zahlendreher. Mich gibt es nicht. Ich bin bloß da. Und blicke in das Drachenauge dieses Tages.

Blende

Du mußt eben das richtige Lichtverhältnis abwarten,
damit ein Krauthobel, in einer Kellerecke vergessen,
wie ein spinnwebüberzogenes Zeitscharnier erscheint.
Oder der abendliche Vorplatz, mit dem Schatten der
Kastanie, der Kirchenmauer als Hintergrund, in seiner Leere plötzlich ein Gruppenbild ist mit lauter
Abwesenden. Und der Junge, der gleich ums Rum-
gucken Hochwasserhosen tragen wird, allein gegen
die kahle Hauswand dasteht, seit ewig und einem
Augenblick, also immer schon, und mit einem seltsam verzierten Trichter oder Füllhorn in der Hand
lächelt, tapfer, seine ganzen Schuljahre noch vor sich,
für den einen Lernschritt hin zum Unbenotbaren.

Hobbyphotograph

Auf seinen Bildern, zu denen er anmerkt, es gehe ihm um das Wesentliche und im Wesentlichen um den Nennwert des Gesehenen, um die Aura des Augenblicks, macht vorm Haus der Sitzplatz auf der Mauer die Örtlichkeit zur Niederung. Erweist sich jeder Urlaubsfels als Stoiker. Lächelt ein Jubilar durch das Kellerloch seines Hochgefühls. Heckt eine dämmrige Baumgruppe etwas aus. Hängt an irgendeiner Garderobe ein Wolfspelz neben einem Zwangsjäckchen und einer Marsyashaut. Könnten die Hotelzimmer einer Dienstreise genausogut auch möblierte Lebendfallen sein. Hüten ein paar leere Stuhlreihen ein Lichtgeheimnis. Starrt der kranke Nachbar an allem vorbei auf den Eisberg in seinem Garten. Erteilen die Statuen im Schloßpark der Ferne eine Anweisung. Ist der Himmel ein blaues Klaffen über den Dächern.

Der Tauglichkeitsgrad unserer Traurigkeit

Klapptische sind aufgebaut, Tücher auf dem Boden ausgebreitet. Zwei Comicverkäufer, uneins ob Obelix, ob Superman, wer der Stärkere sei. Ihnen gegenüber, zwischen veralteten Sammelbildern, einem eingeschweißten Landkartenpuzzle und einer Ballpumpe, hockt ein Junge, Sequester seiner eigenen Kindheit, vor einem Fuhrpark aus Rennwägen und Feuerwehrautos. Seine Schwester daneben, die schon Bilderbücher entbehren kann, denen keine Seite fehlt, hat verschrockene Plüschtiere ausgesetzt und läßt sich runterhandeln bei einer Sprechpuppe, die sich weigert noch etwas zu sagen. Wüßten wir rein nichts von Kinderflohmärkten, daß dies rundum doch nur Verkaufsstände sind, lägen all diese Dinge vor uns gleich einem Anschauungsmaterial. Könnte man sie in ihrer Anordnung einfach in einer Vitrine ausstellen. Sähen sie hinterher auf den Photos, die du gemacht hast, aus wie schwarzweiße heidnische Opfergaben.

Stillarbeit

Das Kerngehäuse einer Stunde. Fernher die Morsezeichen eines Spechtes. Nebenan ist das Kind am Einschlafen, dessen Süßigkeitenverstecke du kennst. Die Baumsilhouetten im Garten, eine dämmrige Abwehrreihe. Der unterstrichene Satz im aufgeschlagenen Buch, kaum länger als die Naht zwischen dir und deinem Schatten. Die heutige Blickausbeute: Maurerhände, die sich betrachten ließen wie eine Karstlandschaft. Stufen hinuntergehen, als seien es Stapfeln. Rar und karg: zwei Dochte. Im Lampenschein verläuft die Geschäftigkeit einer Ameisenstraße, Brechungswinkel von Fensterbrett und Tagesrand.

Nocturne

Schlaf offenbart auf Gesichtern etwas Entblößtes. Schlaflosigkeit höhlt das Zimmerdunkel aus. Mopedgeknatter, könnt sein ein Sancho Pansa, den verbeulten Helm am Lenker, oder einer, lahmarschig rasend unterwegs zum nächsten Zigarettenkasten. Gegenüber hat die Nachbarin das Hoflicht angelassen. Ihr Mann, nach seinem Luftröhrenschnitt, wecke sie bei Nachtdurst, indem er mit den Zähnen knirsche. Auf Baustellen gähnt derweil das Ausgehobene die Gestirne an. In irgendeinem Briefkastentraum lag einmal eine abgeschnittene Hasenpfote. Die Serpentinen der eigenen Atemzüge, sie führen bis zur Decke hinauf.

Sperrstunde

Das Glutnest im Löscheimer. Zu Trinksprüchen um-geformte Epitaphe. Die Karpfenmäuler an der Theke tun bloß so, als ob sie mitreden könnten. Ein Uhr, der Tag zählt seine Silbe ab. Vom Absacker zum Früh-schoppen wären es ein paar letzte Runden nur. Es ist noch zu spät, um jetzt schon heimzugehen.

Zusammenkunft

Woran zerbricht ein Brecheisen. Womit vertreibt die
Zeit sich die Zeit. Vierzig, dies halbrunde Greisen-
alter, noch als Junggeselle gelten oder schon altledig
sein. Im Wissenskostüm unserer Bildung, Motten-
löcher und Flicken, sitzen wir da. Vor uns das Ermess-
liche einer Tischfläche. Ein Kerzenflackern scheucht
unsere Umrisse an die Wand. Verplempert, verjubelt,
verpulvert, vertan: einen Kassenprüfer suchen wir noch,
dem die Wortwahl obläge. Jemand wirft etwas fälsch-
licherweise Richtiges ein. Ein Anderer beginnt mit
einem erfundenen Selbstzitat. Ein Seelentröster müßte getröstet werden. Was ich denn studiert habe, will
mein Nebenmann, ein Neuling, wissen. Die Gesich-
ter der Kinder am Zeugnistag, höre ich mich sagen.

Plakatmime

Jetzt, die Welt ist eingemeindet und die Hintergründe wetterleuchten. Ein Schriftzug nur trennt die Wortspreu vom Gesagten. Unbeirrt vermag ich darüber hinweg zu weisen, von jedem Laternenpfahl aus, kompetent in Richtung Ortsausgang. Und mit derselben Miene auf eine leere Einkaufspassage, auf einen Kostenfaktor, einen schlafenden Säugling, einen Flohzirkus. Der ich, mit meinem Gesicht, doch eigentlich genausogut auch hätte Musterungsarzt werden können oder sogar Heiratsvermittler. Und nun denn also, zuletzt mit meinem Weitblick, der schroff endet an der Betonerloschenheit der Hausfassade gegenüber, hier aushalten muß: eingezognen Bauches, unter seriösen Wolken, mit schwarz angemalten Zähnen und einem Fahnenmast als Rückgrat, auf den Zinnen der Prinzipien, an dieser windigen Kreuzung, bis Efeu an mir hochwächst, wohlan.

Die Klofrau zählt ihre Münzen

Brunzstrahlellipsen. Prostatageplätscher. Und Klosteine unter die Motorhaube gehängt: daß deren Geruch Marder abhalten würde. An den Pißbecken stehen noch ein letzter Wanderprediger, der sich selbst zuhört, und ein schwankender Mehlsack, der seine Strafrunde um den Häuserblock läuft. Männer halt, die aus ihrem Seelendickicht treten, ihre Stirnen an den kalten Kacheln kühlen, manchmal von der schrägen Seite meinen Wischmob anreden, und mit offenem Hosenladen kommen oder mit offenem Hosenladen gehen. Das ist kein Urteil. Urteile sollte man, wenn überhaupt, nur aussprechen mit einer Praline im Mund. Eine Packung davon muß mir reichen über den ganzen Tag. Was danach abends bleibt, Geberlaune eines Habenichtses, Majestätsbeleidigung für jeden Bettler, klaube ich aus dem Teller hier zusammen, stapele ich vor mich hin zu kleinen Säulen, zu wackeligen Türmen.

Geflecht

Beim Metzger sich den Anschnittabfall als Katzen-
wurst geben lassen. Ein Preisrätsel lösen, bei dem
man einen Ballonflug gewinnen kann. Marmorku-
chen einbrocken in den Nachmittagskaffee. Und ohne
einen Abendkurs entgegnen: Da er abstürzen kann
in sich, wird es auch einen Abgrund geben in ihm.

Jahrgang

Wo das alte Schulhaus stand. Lehrer, die nach dem Krieg weiterhin in Reitstiefeln unterrichteten. Winters die Unterschiedsgrade zwischen eisig und bitterkalt. Mit Holzscheiten im Ranzen, entlang der zugefrorenen Kandel, vom Oberdorf herunterrutschend. Die heißen Kartoffeln in der Manteltasche, nachher mitsamt der Schale als Pausenvesper verzehrt. Vorne sitzt einer, der viel zu feine Hände hat für eine Metzgerlehre. Neben ihm der, auf dessen Fellmütze man neidisch war. Und ganz außen jener, der fiebrig hinüberblickt zum Schönheitsantlitz, das nicht alt genug werden wird, um zurückzulächeln. Ein Aufgerufener sagt gleich mit seinem schwäbischen Krummschnabel Heimatverse auf, immer scheint darin der Mond als gelber Routinier. Im Fenster zeichnen sich die knochigen Äste der Linde ab. Die Rechenfinger unter der Bank, sieben Nüsse, acht Kieselsteine, nichts oder nix: was zählt mehr.

Odyssee

Wochenlang, entsinnt sie sich am Vorabend ihrer goldenen Hochzeit, sei sie durchs Haus gegeistert, habe jede Ritze, jeden Spalt, jedes Eck abgesucht, jedes Möbelstück zehnmal verschoben, zum heiligen Antonius gebetet, den heiligen Antonius verflucht, habe selbst in einem Elsternnest nachgesehen, sei heulend, ob des schlechten Omens, vor heruntergebrannten Kerzen gehockt und noch magerer geworden, als sie es nach der zweiten Schwangerschaft ohnehin schon war: ihr Ehering blieb verschwunden. Dann, nach einem Jahr, ein windiger Oktobernachmittag, auf dem Feld beim Kartoffelauflesen, hält sie ihn urplötzlich mit einem Erdbollen zusammen in der Hand, kann es nicht glauben, reibt ihn ab, der Himmel reißt auf, sie wird von einem Weinkrampf geschüttelt, und begreift, als hätte er sie gefunden, seine Odyssee: daß er sich beim Futtern vom Finger gelöst hatte, in die Krippe gefallen war, von dort durch sieben Mägen gewandert, unverdaut ausgeschieden wurde und mit dem Kuhmist aufs Feld ausgebracht, wo ihn die Erde verschluckte, bis sie diese dann abrieb, von ihm, nach einem Jahr, an einem windigen Oktobernachmittag.

Gabelung

Der Landschaftsbehauptung, daß alles sich verschandeln läßt, bis es wie schön aussieht, nicht widersprechen. Lieber aufschauen zu diesem schmalen Himmel, von einem darbenden Schlachtenmaler einst gemalt zwischen zwei Kriegen, Pfeifenraucher werden, oder ab morgen womöglich doch noch anfangen mit dem Orgelspiel. Und dabei einfach fürderhin sitzen bleiben, eine Art Amtsausübung, als Frührentner, Krankgeschriebener, auf dieser Ruhebank. Damit ein Angestammter hier ist, der den Wandergruppen weiterhilft: das da wär der kürzeste Weg, das da der schnellste.

Die Särge

Solch frühe Winter, wenn mein Vater keine großen Aufträge mehr bekam, erinnert im Krankenhaus zittrig die Bettnachbarin, lediggebliebene Tochter des letzten Schreiners am Ort, als müsse sie es sich selbst noch einmal erzählen. Wenn er, sagt sie gegen die weiße Decke hin, das Abfallholz, um daraus meinen Brüdern ein paar Holzschwerter zu machen, schon verfeuert hatte. Und nach seinem Mittagsschlaf das Licht bereits eh zu schwach war zum Weiterarbeiten. Dann verblieb bis zum Vesperläuten die restwarme Werkstatt für uns. Und darüber, auf dem Dachboden bei den trockenen Brettern, lagerten sie also, auf Vorrat angefertigt: wie seltsame Kähne, unsere kleine Flotte. Manchmal schliefen eingerollt die Katzen darin. Beim Verschlupfen, das allerschönste Gefundenwerden, wenn der Deckel sich langsam hob. Wie oft saßen wir auf ihnen herum und heckten etwas aus. Erst als die Dämmerung entwich und in Kellerlöchern versickerte, wurde nach uns gerufen.

Abgewandt

(nach Caspar David Friedrich)

Wolkenverhangen die Jahre, im Einvernehmen mit dem erreichten Alter, in dem man anfängt, Schenkungen zu machen, oder für unzurechnungsfähig erklärt wird. Weil man einer geworden ist, der abgewandt an Fenstern steht, mit dem Rücken zur Welt auf die Gipfel starrt, die aus einem Nebelmeer ragen, oder hinunterblickt in einen verstummten Klinikpark. Einer geworden ist, der in die Ferne schaut, wo auf einer Anhöhe der Winter einen vereinzelten Baum zum Zaren erhebt. Geworden ist einer, der wahrnimmt, wie die Dämmerung an Umrissen herummoduliert. Und der Silhouette eines Mädchens nachsieht, das in Ballettschuhen einen Steinbruch durchquert, unterdes die Adjutanten des Fortschritts von ihrer Mittagspause zurückeilen, ein gestrandeter Götterbote, als Obdachloser getarnt, an der Straßenecke verschnauft.

Empfinden

Wenn du dich gemächlich in die Hocke begibst, um auf Augenhöhe zu sein, um den abgekauten Schnuller, der nicht mehr zum Einschlafen gebraucht wird, an den Schweif einer Silvesterrakete zu binden, und dich daraufhin wieder aufrichtest, erkennst du dich, wie auf einmal, wie nach einem Sekundenschlaf, der dreizehn Jahre dauerte, wie nach dem Ruck, mit dem man ein Wundpflaster abreißt, als lauschenden Vater an der Tür eines abgeschlossenen Jugendzimmers, dahinter, Wahrheit oder Pflicht: den dritten Apfelkorn trinken oder einen entweihten Mund küssen, eine Spinne töten oder einen Mädchennamen sagen, sich ein Flaschenkompaß dreht und dreht.

Deines Namens Echoleere

Am Krückstock des Benennens, Nordwanddunkel eines Erinnerungsmassivs, jedesmal haltloser, fallender, mit dem Aufzug zur obersten Ebene hinab: mitten hinein in die Erloschenheit. Dort, in deren Aufenthaltsraum, sich in einen der eingenäßten Sessel setzen. Und nichts tun bei dieser Audienz als eine schrundige Hand zu halten, die sich anfühlt wie Rinde. Und so zusammen allein den zitronengelben Vogel betrachten. Wie er das Zentrum seines kleinen Käfigs findet. Indem wir ihm lauschen, seiner Hymne. Bis die Stunde vergeht. Bis die Zeit versiegt. Bis sein Trillern flackert. Bis er nur noch ein singendes Flämmchen ist.

Schwebe

Seinsmüde Schwere, die sich hinlegen möchte auf ein
Bärenfell, die Arme hängen an dir herunter, geknickte
Flügel, ein jeder Laternenpfahl rempelt dich an: in
diesem Morgenpräludium, verzerrt vom Altglascon-
tainer herüber, ein atonales Geklimper im Halbschlaf,
zerdepperte Flaschenakkorde, Braunglas, Grünglas,
eine jede einzeln, Pathos des Unpathetischen, bis eine
Streichergruppe einsetzen müßte, Kirchenglocken,
Nebelgebell, ein Regensopran.

Rollator

Vertikale Zeit. Die Zimmerluft wie durch ein Schilf-
rohr einatmen. Der herangerückte Stuhl mit dem
Faltengebirge des Morgenmantels. Ein Lazarus, der
liegenbleibt, sich wegdreht und zum Fenster starrt.
Wo der Quittenbaum leuchtete, Regentage ihr lappi-
ges Grau aufhingen, Nachmittagsstille den Schnee-
fall vertonte. Vorige Woche unversehens sich verkältet:
nur weil er im nächtlichen Traum, zwischen Tropf-
steinen und Knochengerüsten, zu lange herumstand
unterm zugigen Einstiegsloch der Bärenhöhle. Das
Gehwägelchen wartet schattenbrav in der Ecke. Ist es
heut gewesen, war es gestern, daß eins der Enkelkinder eintrat und dabei einen Blumenstrauß vor sich
hertrug wie eine Fackel.

Erkennungszeichen

Ein paar Katzenhaare am Pullover und in der linken Hand die Rose einer Spanne, die es da brauchte, braucht: bis aus einem alten Kindheitsgockeler ein Kampfhahn wird, Straßenleere den Flaneur zum Herumtreiber macht, zwischen Zeilen aufgehobener Liebesbriefe Disteln wachsen, und jedweder Ausgangspunkt so winzigklein wär wie ein Uhrenschräubchen, das unter einen Küchentisch gefallen ist, damit dann du es sein wirst, der sich bückt und danach sucht.

Dreitagebart

Ich, an meiner Stelle, wüßte auch nicht weiter. Denkerstirn gegen Bierbauch. Oder daß einem vielleicht ein Männergeweih wachsen könnte. Meinem Leumund zumindest müßte ich bekannt sein, seitdem er mich kennt. Ein Gesicht also, als würd man nach sich selber fahnden. In den Augen eines jeden Schalterbeamten sehe ich mich so. Das Erreichbare, das Erfüllbare: Weite oder Tiefe. Und schau, dies mein stupfliges Lächeln gab es doch schon, als man noch keine Beziehungen einging, sondern Liebschaften hatte. Als die Mädchen noch barfuß und mit wehenden Röcken rannten über ein abgeerntetes Stoppelfeld.

Aufzählung

Im Allgemeinen täten ihn aufgestuhlte Festsäle interessieren, überalterte Mannschaften, Saumseligkeiten, Langzeitstudien von Augenblicken, Heiligenscheine und Essigschwämme, Hackordnungen im Vergleich zu Kondolenzlisten, die Funktionswerte des Glücks, biographische Umwege, Flechtwerke aus Namenslinien und Jahren, alle Wackelgerüste, die in sich zusammenfallen, und alle Wackelgerüste, die nicht in sich zusammenfallen.

Stehblues

Klangwellen, auf denen ein Floß treibt mit Schiff-
brüchigen. Das Klammeräffchen der Umarmungen.
Die Flügelspannweite zweier Blicke. Ein Sektglas
nur noch hin zum Leichtsinn. Der Brunnenrand, das
Prinzenquaken. Obgleich nach dem ersten Kuß jeder
Mund aussähe dann: wie ein aufgebrochenes Siegel.
So nah wie möglich, so möglichkeitsnah. Einen
Marienkäfer auf der Wange. Eine Schneeflocke auf
der Stirn.

Aus dem Fundus der Ausreden

Weil über meinem Schlafzimmer jemand die ganze Nacht Holz gespalten hat. Weil man sich schlecht selbst verseckeln kann. Weil ich mich irgendwann deswegen selbst hofieren müßte. Weil ich morgen die Maulwurfshügel noch abtragen sollte, den aufgeworfenen Boden, den als gute Blumenerde die Mutter immer nahm. Weil es mich vielleicht weitergebracht hätte, aber nicht voran. Weil ich keinen Halsschal habe, der zu einem schwarzen Anzug paßt. Weil Aufgespartes mehr wert ist als Angespartes. Weil mir entfallen ist, was ich vergaß.

Erbauungsschrift

Wachsein vor dem Aufwachen. In der Traumsänfte
des Bettes. Vom Tonband des Gartens her: das Sphä-
rische von Vogelstimmen. Ein Jubilate aus Licht und
Frühe. Als sei die Freischicht auf einen Montag gefallen. Oder auf einen abgeschafften Feiertag. Der
arme Wecker nur, was hat ihn so rasselnd gegen all
dies aufgehetzt. Jeder Sonnenaufgang ist eine Urauf-
führung.

Außendienst

Abgeholzte Rastplatzschneise, mit Schutt aufgefüll-
te Dolinen. Ein Ort, der nach einem Geisterfahrer
benannt sein müßte. Wie weit man wohl käme, zu
Fuß, stur geradeaus, einen Schaltknüppel als Gehstock. Vorbei an diesem kugeligen Eichhörnchen, das
auf dem Abfallkorb sitzen bleibt, im Blickfeld von
ihm, der zwischen zwei ungeschickt gelegten Termi-
nen wartet, bis eine Schmerztablette wirkt. Und dabei eingenickt ist, sich für eine Minute geschloßnen
Augs in einer Dunkelkammer aufhält. Die Hügel
hinter dem Grünstreifen, von hier aus wirken sie ganz
kahlgeschoren. Aussteigen sollte man und den Autoschlüssel hochwerfen in die kalte Luft: um weg zu
sein, bevor er auf die Erde fällt.

Der Sonntagsfahrer nimmt einen Anhalter mit

Auf der eingerissenen Straßenkarte entspricht jedes angesteuerte Ziel einem Reiskorn. Sein schuckliges Gefährt wüßte den Weg auch von allein. Das Bremslicht beschwört die Autoschlange hinter uns. Ein Gehstock liegt quer auf dem Rücksitz. Seitenblicke, Kopfschütteln, wenn er überholt wird wie ein Eselskarren. Herausgewunken könnte er einen Lappen vorweisen mit speckiger Jahreszahl. Sein Geduldsfaden wär das dickste Abschleppseil. Im Fahrtwind der Überholenden läßt er sich treiben.

Schlamperladen

Unerledigtes, zum Schutzwall aufgestapelt. Nach dem Debakel, vor dem Desaster. Die Ordner sind das allersicherste Versteck. Nichts durchnumeriert. Die Fehltage fehlen. Lauter Sicherungskopien von weißen Seiten. Ein derart gutes Namensgedächtnis, daß es sich keine Zahlen merken kann. Ausnahmen, zu denen es keine Regel gibt. Ein krankgeschriebner Krankenkontrolleur. Der Weltatlas als Blumenpresse in Gebrauch. Und dann noch: Augenblick an Immerdar. Aber nirgends Luftbuchungsbelege.

Unterkunft

Solch ein Familienbild vielleicht, Kindergartenzeichnung, auf dem ein Junge sich deutlich wird: im Gartengrün, auf einer Bodenhilfslinie, als eine Art Mittelachse zwischen seinen beiden Eltern. Irgend etwas wie eine Siegerurkunde, auf die hin man einstmals ein Seifenkistenlenkrad suchte, dabei den Resturlaub verbrauchend umhergegangen war in einer Szenerie, wo Greifmäuler der Schrottpresse zuarbeiteten, Rosinanten standen mit eingedellter Fahrertür. Selbst noch das, aus einer der alten Tageszeitungen vom Stapel zum Feueranmachen, ausgeschnittene Photo einer Perserkatze, ausgeführt an einer Leine, deren Straffgezogenheit sich in den Park einritzt, würde reichen. Oder auch nur der Ansichtsknick einer Piazza, ein Freskenhimmel, der unleserlich gewordene Postkartengruß einer nie gemachten Reise. Irgendwas halt, das sich mit einem Reißnagel aufhängen ließe. Und so die Zwistigkeit schlichten könnte zwischen dem Verputz und seinen Rissen dieser wie auf Hohlräume abgeklopften Zimmerwand, die zurückstarrt, wegglotzt, kahl und stur.

Ode

Die runden Geburtstage, die Wogen des Alterns. Der Arbeitsjahre biographisches Auffüllmaterial. Schneegefärbte Haare. Birken, hinter denen sich Mädchen versteckten. Und all die festen Prinzipien, um auf ihnen herumzureiten wie auf einem Schaukelpferd, das man sich gewünscht hatte vor einem halben Jahrhundert. Das erste Schlagzeug aus Waschpulvertrommeln und Blecheimern. Das Lieblingsplätzchen als selbstgewählter Verbannungsort. Ein Tag ist heut. Selbst Gebrauchtwagenhändler und Autolackierer überkommt es, daß sie als Zehnjährige dereinst Rennfahrer werden wollten. In der Mitte: ein Strauß roter Rosen, zum nachzählen, ob auch keine fehlt, bis sie ineinander verschwimmen, zerfließen zu einem Wundaquarell. Das eingepackte Herztonikum, es auspacken. Und durch die Stille eines Eichenwäldchens gehen, in dem seit siebzig Jahren Pfähle heranwachsen für eine Lagunenstadt.

Hingetuscht

Aufziehende Gewitterwolken über einem Freiluft-
konzert. Die einjährigen Rappen auf der entlegenen
Sommerweide. Der dunkle Katzenteller neben dem
leeren Hundenapf. Nächtliche Strandkörbe mit dem
Anschein von Behausungen. Die Graugarde aufge-
reihter Mülltonnen vor einem Betonklotz.

V

Anwandlung

Ein goldener Handspiegel. Ich, Hofnarr und König
in einem. Das Volk lauscht eines Bauchredners Magen-
knurren. Die Vorkoster liegen mit Krämpfen darnieder.
Es geht nicht um ein Jahrhundert. Nicht einmal um
hundert Jährchen. Die Kutsche holpert über gefrore-
nen Grund. Der Himmel krakeelt mit seiner Bläue.
Grenzsteine, besänftigt von Moos. Im Märchenraf-
fer wird es dann gewesen sein. Daß es einmal war.

Caspar Kaltenmoser: Das Brautexamen, 1849

(Heimatmuseum Horb)

Die Tage reihen sich ein ins Chronologische. An den festlichen werden die Fleischbollen nachgezählt auf den Tellern. Deshalb sind sie hier, im Sonntagsstaat, der Jüngling, seine Verlobte, und hören sich den Monolog des alten Pfarrers an, der sie belehrt, von Standespflichten spricht, von Sündenfall und Storchennest. Sie ist wählerisch gewesen, er bis zuletzt genant. Keine Menschenseele wird etwas einzuwenden haben gegen diese Hochzeit. Unersichtlich bleibt, ob er einheiratet, sie genug an Mitgift mitbringt. Auf der Kommode memoriert das Ticken der barocken Tischuhr die Sekunden. An der Stuckdecke schwebt ein Engel, ohne daß davon Ränder sich auflösten im Interieur. Das Hündchen zur Linken des Mädchens hat noch nie jemanden gebissen. Was nun mit dem Jawort verneint wird, giltet sodann auch rückwirkend. Ansonsten werden die Männer mit den Jahren halt knickrig und die Frauen herrisch. Weil die heimliche Lauscherin im Hintergrund das wußte, ist sie lieber Pfarrhaushälterin geworden. Keiner dieser Anwesenden schaut auf zu den hellen Butzenscheiben, zu dem kleinen geöffneten Fenster ganz oben: gleich wird

dort von draußen, als gutes Zeichen oder als schlech-
tes, eine Hornisse hereinfliegen oder ein Schmet-
terling.

Aus dem Skizzenbuch des Malers

Die Bartwildnis eines Gesichts. Ein entrückter Umriß
und sein Seelengewicht. Ein schwebendes Scharnier.
Die Strichkorsette der Sitzhaltungen. Die Karyati-
denzüge einer Konsolenfigur. Ein Schrankbeschlag
als Dinggeschöpf. Schlafkuhlen im Bodennebel. Das
Koboldhafte eines Pfeifenkopfes.

Schilderung

Etwas versucht den Raum einzufangen, eine Wirtsstube, das Stillstehende als Zeitform darin, verliert
sich im Detail, den Fugen der Holzvertäfelung, aus
denen es noch riechen muß nach Viehhändlern und
Dorfhochzeiten, und will dieser Stimme nachgehen,
die wie durch einen Zigarrennebel dringt und das
erzählt, was sich nicht zeigen läßt: daß die Mutter
immer müde gewesen sei, ihre Kinder sie nur so gekannt hätten, müde und erschöpft, und daß sie an der
Theke, über die Vortagszeitung gebeugt, immer schon
nach den ersten Zeilen einnickte, einmal beim Gläser-
spülen, mit den Armen bis zum Ellbogen im Spül-
wasser, einfach im Stehen eingeschlafen war, und wie
man ihr nachts am Stammtisch ihre Schürzenbändel
um den Stuhl band und dann auf den Tisch haute,
»Martha, nomal a Bier«, worauf sie aufgeschreckt sei
und die paar Augenblicke, bis sie wieder bei sich war,
den Stuhl hinter sich hergezogen habe.

Zeitschaltuhr

Morgenröte, da die Straßenlampe erlischt, jetzt: wenn die Nachtschwester bei der Übergabe gähnt, die Brezeln in der Bäckertüte noch ofenwarm sind, der trödelnde Junge den überfüllten Schulbus verpaßt, und am Zeitungskiosk der erste Flachmann des Tages mit pfenniggenau abgezählter Münze bezahlt wird.

Spindphoto

Windflaum, Lichthauch, das Umbragefühl der Erde.
Frühere Bildersprachen verwiesen noch mit einem
Pinscher auf die fleischliche Sünde. Und die verschlos-
sene Schublade des Nähkästchens spielte auf die Jung-
fräulichkeit an. *Größers wolltest auch du*: wie dies als
Zölibatsfetzen wohl erklänge aus ihrem Mund. So all-
einig an die borkige Schräge des Baumstamms gelehnt.
Für die Uferlinie, damit Schwermut und Leichtsinn
ineinander übergehen, stand der Photograph knietief
im Wasser. Ihrem weichen Hautschimmer paßte
allenfalls ein algengrüner Bikini. Hier, nimm meine
Augenklappe als Feigenblatt.

Altersstufen

Ganz alleine über den Zebrastreifen gehen und nur aufs Weiße treten. Wie ruckzuck schnell aus gepflanzten Kernen Sonnenblumen erwachsen, die bereits Körpergrößen überragen. Diese bunten Schirmchen, mit denen Eisbecher verziert sind: sie sammeln, ohne zu wissen, wofür. Der dort im Zidanetrikot, der kaum den Ball richtig stoppen kann, ihn aber an die Hauswand hindrischt, gegen das Garagentor donnert. Das Zimmer pink streichen und sich so jemanden, der keine Vorbilder braucht, zum Vorbild nehmen.

Die Knüpftechnik der Mitternacht

Während der Nachtbus mit einer Leerfahrt unterwegs ist, stehen Ehemänner im Schlafanzug rauchend
auf Balkonen, vernimmt eine Fledermaus die Laut-
stärke einer Lichthupe, sucht auf der nächsten Dorf-
disco jemand nach einer Salome, zeigt ein Alkomat
nichts als an: daß du Melancholiker bist, schnürt
irgendwo ein Füchslein durch eine Fußgängerzone.

Kryptographie einer Vorstandssitzung

Montagsgesichter, sich neigende Tulpenköpfe, zu Widerhaken verbogene Büroklammern. Aus Schneckenfühlern ein Antennengeflecht, Steinformen hartgewordener Brotriebel und ein ersoffener Fisch. Was macht die Hyäne in diesem Streichelzoo. Woher kommen die Fällzeichen an den Bäumen.

Exposé

Ich habe, wir sind, meint jemand am Anfang, da noch alles vor ihm liegt, er noch nicht weiß, was das ist, was ein Gesicht zum Antlitz macht, einen Ort zur Stätte, und daß es so wie das zu Schöne auch das zu Wahre gibt, und man die Jahre strecken muß mit Seufzerlängen, Augenblicksdauer, um am Ende vorm einfallslosen Schlußbild eines zusammengekehrten Blätterhaufens, den ein Herbstwind aufwirbelt, wenigstens sagen zu können, Vergangenheitspräsens: wir waren, ich hatte.

Quellennachweise

Kapitel I
»Briefe aus Bierlingen«, 1986
»Glockenschläge«, 1990
»Zeitverwehung«, 1994

Kapitel II
»Kohlrabenweißes«, 1995

Kapitel III
»Von der Beschaffenheit des Staunens«, 2002

Kapitel IV
»Kerngehäuse«, 2009

Kapitel V
Unveröffentlichtes

Inhalt

V

© 2011 Klöpfer und Meyer, Tübingen.
Alle Rechte vorbehalten.
ISBN 978-3-86351-009-1

Umschlaggestaltung: Christiane Hemmerich
Konzeption und Gestaltung, Tübingen.
Herstellung: Horst Schmid, Mössingen.
Satz: CompArt, Mössingen.
Druck und Einband: Pustet, Regensburg.

Mehr über das Verlagsprogramm von Klöpfer & Meyer
finden Sie unter *www.kloepfer-meyer.de*